いまは僕の目を見て

小出祐介

ima wa boku no me o mite

Yusuke Koide

目次

sahara

こぼれそうな想いが
こぼれていってしまう

言葉にした瞬間に
砂のように

「サハラ砂漠」の「サハラ」って
「砂漠」って意味なんだって
大事なことだから2回言ったのかな

伝わってるかどうか
不安だったのかもしれないよね

こぼれそうな想いが
こぼれていってしまう

言葉にした瞬間に
砂のように

すべては君のせいで

ある日突然　幽霊にされた
僕を置き去りに今日も教室は進む

落とした定期　蹴られて遠のく
追いかけた先
かがんだ君と目が合って

うつむいた僕の名前を呼ぶから
生きてる気がした

すべては君のせいで　毎日がまぶしくて困ります
すべては君のせいで　ああ、心が♯していきます
すべては君のせいで　なぜか頑張ろうとか思ってます
すべては君のせいで　Baby　頭抱えるばかり

君が微笑む　みんなの輪の中で
たまらなくなって
ハードロック雑誌に目を落とす

瞼を閉じれば　君が話しかけてくる
今夜も眠れない

すべては君のせいで　毎日が愛しくて困ります
すべては君のせいで　ああ、季節に意味を感じます

すべては君のせいで　明日何か変わると思ってます
すべては君のせいで　Baby　胸が高鳴るばかり

自転車通学の
ヘルメットありの
君が橋の向こうからやってくる
一生、着かないと
一生、すれ違わないと
わかってた僕の頬を撫でてく光のリボン

すべては君のせいで　毎日がまぶしくて困ります
すべては君のせいで　ああ、心が♯していきます
すべては君のせいで　なぜか頑張ろうとか思ってます
すべては君のせいで　Baby　頭抱えるばかり

交感ノート

ああ　踏切が開かなくて君と横に並んだ
風が騒ぎ　みどり色の匂いがしました

ああ　鞄の底にかくまったハリネズミみたいな想いが
外出たがってる
どうかちょっと静かにしてて

電車が通り過ぎて
ふと時間が凪いだら
世界にはふたりぼっちで

〝ねぇ、交換しよう?〟

君に伝えたいよ　いや、やめよう　まだまだ　今じゃない
君に伝えたいよ　ゆれるゆれる　鼓動があること
君に伝えたいよ　せめて「おはよう」って変じゃないかな?
君に伝えたいよ　私がここにいること

ああ　踏切が開かなくて君と横に並んだ
ポケットの鍵　無意味に握りしめてみたりして

授業中に　遠くから見てたその横顔に
髪がかかり　初夏の陽射しに透き通り

高鳴る赤い音が
ふっ、と吹き消されたら
世界にはふたりぼっちで

〝ねぇ、交換しよう?〟

君に伝えたいよ　いや、やめよう……神様、まだ早い
君に伝えたいよ　淡い淡い　衝動があること
君に伝えたいよ　せめて「おはよう」って変じゃないよな
君に伝えたいよ　僕がここにいること

遮断器が上がれば
ほら、いつも通り
急かすように流れてゆく人波

どうでもいいことばかり気にする毎日
どうでもよくないことには正直でいたいよ

〝ねぇ、交換しよう?〟

君に伝えたいよ　いや、やめよう　やだやだ　やめたくない
君に伝えたいよ　ゆれるゆれる　鼓動があること
君に伝えたいよ　せめて「おはよう」って　変じゃないかな?
君に伝えたいよ　私が／僕が　ここにいること

「ねぇ、おはよう」

5センチメンタル

ずぶ濡れで帰る覚悟決めた雨の放課後
走ろうとしたところに差し出された傘
君はいつもずるいヒーロー
無自覚なのもずるいよ
うなずくしかないじゃない

へばりつく紫陽花歩道
かたつむりたちは嬉しそう
「中間テストへの意気込みを　では、どうぞっ」
君はいつもずるいヒーロー
無邪気なのだってずるいよ
右手のマイクで

みんなに好かれる君だし
私にはまぶしすぎるのに
打ちつける雫　染まる耳たぶ
ふたり　透明な花の中

君まで5cm
ほんの少し届かないセンチメンタル
やさしい君の世界をもっと知りたい

君への5cm
近くて彼方　切ないヘクトパスカル
足りないのに　あふれそうな心に
はじめての傘

近づく車の音
気付いたときにはびしょびしょ
まさか横からとはって　首をかしげるから
君はいつもずるいヒーロー
いじわるしたくもなるよ
「いまの気持ちを　どうぞっ」

引き寄せることもできたかな
もしかしてチャンスだったかな
また車が来る
逃げろーと笑う
掴みたいその左袖

君まで5cm
ほんの少し届かないセンチメンタル
やさしい君の世界をもっと感じたい

君への5cm
近くて彼方　切ないヘクトパスカル
すぐ隣　同じ歩幅の心
いちばんのミステリー

結局ずぶ濡れになったし
可笑しくもなってきたし
もういっか！と誘う君についてく
転がる透明な花

君まで5cm
ほんの少し届かないセンチメンタル
やさしい君の世界をもっと知りたい

君への5cm
近くて彼方　切ないヘクトパスカル
足りないのに　あふれそうな心に
はじめての傘

Curtain

8月　部活の休み時間
部室にいるのが息苦しくて教室に戻る
誰もいない
開け放した窓から風が吹きこみ
カーテンが寄せては返してをくりかえしている

明るすぎる外と薄暗い教室
波打つ境界線が淡く光って見える

夏休みのハードな練習のせいで　少しぼーっとしながら
凍らせて持ってきたスポーツドリンクを飲む

まだ半ば凍っているせいで
やたらと甘い成分ばかりが口に流れ込んでくる
生命力が疲れた身体に染み渡っていく
「命の前借り」
そんな言葉が浮かんだのは
このあとただの氷水と化す
スポドリのことを思ったからか

汗をかいて、体を鍛えて、練習に耐えて
上手くなりたいとは思っている
だけど、上手くなった先にある人生が
魅力的なものなのかは全くわからないでいる

今日の、今の、目標を達成していくだけ
それは自分の本当の目標と言えるのだろうか

10年後、自分はプロの選手になっているのだろうか
なれなかったら、どこかの企業に就職するのだろうか
みんなはどう考えてるんだろう
……聞けない

ウォークマンを鞄から取り出す
最近、CSの音楽チャンネルで知って
日本のヒップホップを聴き始めた
難しい言葉が多いけど
韻を踏んでいく気持ち良さが癖になっている
徐々に馴染んできた部活
覚えたてのギター
出会いたてのヒップホップ
ペアにはできないカードを机に並べて、目を閉じる

波が寄せては返す
波が寄せては返す
波が寄せては返す
波が寄せては返す

colors

僕の色で描いた絵は
いつだってどこか足りなくて
でも、君が君の色をわけてくれた瞬間に見違えたよ

君は自分の声が嫌いだと言ってた
そんなに素敵な声なのに
じゃあ、僕と一緒に歌ってみようよ
知らない歌を歌えるかも

隣の世界はまぶしすぎるから
あこがれて　嫉妬して
遠ざけたいけれど

僕たちの色色
まざりあって　ほら、新しい色
ひとりじゃきっと生まれなかったもの
「自分らしさ」は鳥籠
羽ばたくほど　脱ぎ捨てるほど
自分らしくなってくよ

頬杖ついて
紅茶にミルク入れて
スプーンを回して渦を巻く
水色の午後

君がやってきて
笑い合って　飲み干して

何だっけ？
悩みも忘れてしまう

ひとりぼっちと　ひとりぼっちが
にじむたびに虹む

僕たちの色色
まざりあって　ほら、新しい色
冒険やいたずらにも似た
くすぐるような高鳴りがあふれだすよ

僕たちの色色
まざりあって　ほら、新しい色
ひとりじゃきっと生まれなかったもの
キャンバスが白いことなんて少ないけど構わない
あざやかに塗りつぶすのさ

リアリティーズ

誰かでありたいなら　席につくことさ
隙間に　地べたにでも
空いてる場所を見つけて

窓から見上げる空　翔けてく想像
行けばいい　逃げじゃない
すぐ　その窓を飛びこえて

傷つくのも　傷つけるのも
部屋が狭いからさ
どうでもいいことばかり大切にしても

本当に変わりたいなら　認めることさ
カエルやエキストラじゃあ、もう
いられそうにない自分を

天秤がちがう　錘だってちがう
量られてるのにさ
どうでもいいこのピラミッド
無視したっていいよ
絆ごと　ほどいてゆけよ

すべてがあり　何もない
正解／世界は部屋の外に
気付けないリアリティー
触れない　僕らは

自分になりたいなら　出かけることさ
どこかに　どこにだって
椅子を置けばいい

SHINE

「神様！」
っていうか君が神様なんだって、もう
その手に引かれて生みまくる伝説中

持たざるクラスメイトが咎めるけど
止められやしない

消し飛びそう　強すぎる光
信じたい衝動　影が濃くなっていくほど
触れていたい

青春は1・2・3　ジャンプアップ
しぶきあげて
プールの白波で編んだスカートの
君がゆらゆら　時と踊る
そばでずっと見学したいな

Boy Meets Girl
世界で僕らだけが　本当の意味で生きているから
聖槍で檸檬を貫くように
何もかも作って壊すのさ

神様、あんなやつに　心奪われないで
その手の炎
ダサいなんて思わないで

持たざる同僚たちに馴染んだけど
忘れられない

愛していたよ　強すぎる光
流されるボート
取り上げられていく全能
普通に

青春は3・2・1　ブレイクダウン
ほら、閉じていく
人生の可能性が無限の代わりに
君がゆらゆら　時と踊る
姿を見た　気のせいだった

Boy Meets Girl
世界で僕らだけが　本当の意味で生きていたんだ
水槽の泡を数えるように
想い続けていくだろう　SHINE

青春は1・2・3　ジャンプアップ
しぶきあげて
プールの白波で編んだスカートの
君がゆらゆら　時と踊る
そばでずっと見学したいな

Boy Meets Girl
世界で僕らだけが　本当の意味で生きているから
聖槍で檸檬を貫くように
何もかも作って壊すよ　SHINE

Blue Love Letter

白いシャツが　まぶしい空にゆれるたび
君を思い浮かべます
長かった前髪はもう切りました
勇気を出してね
君もついに背が伸びちゃってるかな
会える日が　ずっとずっと楽しみです

青い文字は忘れにくいって聞いたから
青インクで書きます
自分でも忘れちゃいそうなこと
君が憶えてたなら　魔法みたいだね

柵から乗り出し　叫ぶような君の
さよならも青色だったのかな

届くかわからない
届けようとしてないのかもしれない手紙
臆病になるとき
携帯が鳴り　窓の外で君が手を振ってた
あの冒険を想うよ

この町にも遅い夏がきて
君の知らない季節が積もる
机の向こうには
忘れられそうにない青

届くかわからない
届けようとしてないのかもしれない手紙
だめだ　まとまらない
それでも書かずにはいられないのは
本当の気持ちにね　気付いたから

翔け出していきたい
翔びこえて会いに行きたい　君に
涼しい風の中
自転車　君の背中でどこまでも行けた
あの冒険を想うよ

白いシャツがまぶしい空にゆれるたび
君を思い浮かべます

短くした前髪にも慣れました
また手紙を書きます

Darling

一秒でも永く続いてほしいと
そう願って幾億秒が過ぎた
続くのは余韻と余白と記憶の通り雨

何気なく飛び越えた潦
真夏空と濃い緑の香り
颪を截った感触に
つん、と胸が痛み

大人になってく
そのうちに閉じた橋向こうの
遠い日と遠い瞬間とつながる

ああ、君のせいで
何時でも　何時までも

Darling
指、目、髪　触れるたび　あふれた想いが
気まぐれな信号に変わってゆく
だけど君は

Darling
強い光　時の女神
マテリアルな僕を琥珀色のリボンで撫でてゆく
あの日のように　一秒で

前髪

決まらない前髪を　また風が乱してゆく
いつまでも私たちきっと
決まることなんてないんだろう

文集に載せた将来の夢は
急いで作ったおもちゃみたい
でも透き通ってる

飛行機雲のように見送った最後のシュートは
思い出すとまだ　チクッとするよ
でも透き通ってる

歯の矯正つらかったけど　やってよかったな
何かが変わる時はわからないもの
あとから気付くよ
青いトンネルの先で

自分になりたいと　焦れば焦るほど
ひとりぼっちが迫って来て
いじわるな世界

ひとりでも平気と　突き放してみるけど
君がいつも通りで　ほっとしちゃうんだ
正解はやさしい

たくさん撮ってた写真　指すべらせたら
広がる何でもない特別な景色
戻れないトンネルの向こうを思うよ

決まらない前髪を　また風が乱してゆく
いつまでも私たちきっと
決まることなんてないんだろう

失った魔法のこと
消えてしまった光のこと
愛おしく思っても　何もあきらめないで
それでいいよ　それでいいの

夢のこと　恋のこと
悩みごと　みんなで持ち寄った
あの夏の夜がずっと　胸の奥できらきら

きこえなくなった音
もう会えなくなった子のこと
さみしく思っても　何もあきらめないで

決まらない前髪を　また風が乱してゆく
いつまでも私たちきっと
とどまることなんてないまま
走ろう　風の中を

（LIKE A）TRANSFER GIRL

息を潜めた街は秋の甘い匂い
過ぎた短い夏のことを忘れて

君と串揚げ食べた路地の月明かり
頬が赤くもなれば少しはしゃいでさ

鼻歌とヒールの音が溶けてく
部活の帰り道の続きで

明日になればふたり
また他人のふりをして

目も合わせずすれ違うんだろうな
君は Like a Transfer girl

咲かせた言わぬ花を
まだ枯らせたくないんだ　僕は
「また明日」
いつでも消えそうな顔して微笑む君を見送るよ
Transfer girl

息を潜め訪ねた　君の狭い住まい
音を消したテレビが照らす色影絵
入れただけの紅茶がもう冷めてく
日曜宿題会の続きで

明日が来ればふたり
また真面目な人として
ステープラーで束ねておけばいい日々だ
君はLike a Transfer girl

咲かせた言わぬ花を
まだ枯らせたくないんだ　僕は
「また明日」
過去からのビデオレターみたいな顔してドアを閉めないでよ
Transfer girl

息を潜めた街に冬の甘いエッジ
君と待ち合わせた駅には　粉雪が
Transfer girl

「また明日」
いつでも消えそうな顔して微笑む君に手を振るよ
Transfer girl

いつだってbe with you
見つかったってwith you
いつだってbe with you
見つかったっていい理由

Unlock Baby

Unlock your Inside……
Unlock your 一切……
Unlock your prime,Baby……

星団のような都市にまぎれる
逆光注ぐ部屋
ザラメの静寂を踏みしめる
ふたつの影絵が

ああ　いつからこうなった
覚えてない　正気なのに

ほら　鏡の前でさぁ、君と僕
絡まる　上着脱がず

歪なふたりは　鍵をなくして
歪んだ鍵穴　お互いに開けあぅ
Unlock Inside,Unlock your pride,Now
Unlock 一切 ,Unlock your prime,Now
Unlock me,Now

ドアスコープ越しでまた
あえて覗きあう　心模様
全部わかってるからこそ
内緒にしてはしゃぐ

きっと、最初からこうだった
テーブルの下　脚で合図して

やっと、取れるようになった日々のバランス
切る実　誰が笑うの

歪なふたりは　枷をはずして
不気味な世界に　やさしくなれた
Unlock Inside, Unlock your pride, Now
Unlock 一切 , Unlock your prime, Now
Unlock me, Now

歪なふたりは　鍵をなくして
歪んだ鍵穴　お互いに開けあう
Unlock Inside, Unlock your pride, Now
Unlock 一切 , Unlock your prime, Now
Unlock me, Now

Birthday Suit

よく来たね　楽しんでよParty
タキシードできめてみたよ、どう?
そう言って　平静装ってる
すでに君のまぶしさの虜

シャンパンに融かしたMoonlight
飲み干して踊ろうなんて
言えそうな　Good Music
Discotheque Night

Fallen in love　見せてよ君のすべて
終わらない夢へと落ちてゆこう
パパもママも誰も彼も知らないこと
So,I want you　もう愛してる

そっと抜けるチャンスはいま
大丈夫　このまま抜け出そう
フロアは勝手にやるさ
ウィンクしてドアまでエスコートする

満天のSecret Midnight
君の手にくちづけして
永久Cinderella Magic
You know, you wanna be mine

Fallen in love　見せてよ君のすべて
終わらない夢へと落ちてゆこう
パパもママも誰も彼も知らないこと
So,I want you　もう愛してる

0cmのディスタンス
ふたりだけの世界
ドレスコードはそう素肌さ

Fallen in love　見せてよ君のすべて
終わらない夢へと落ちてゆこう
パパもママも誰も彼も知らないこと
So,I want you　もう愛してる

寛解

すべての嘘　叶えたくて
血眼になる僕を赦して
君の温度のタオルケットで包んでほしいんだ
朝まで　波のように

妬みすぎて　羨ましがりすぎて
きつく握った拳をほどいて
君の子供の頃の話を聞かせてほしいな
朝まで　夢のように

海だけが見える
風吹く丘にある
白い壁　硝子張りの施設で
カーテンがゆれる　光にまどろむ
それに似た時間が　君の部屋を撫でる

すべての嘘　謝れなくて
一人ぼっちの僕を赦して
明日に帰るため
僕のことを抱きしめてほしい
母のように

告白の夜

鍔迫り合いばかりしてる
足踏みに甘んじてる
真空パックした恋の偽物
ちびちびつまんで

すっかり鈍くもなってる
「安定」なのさと言い聞かせてる
そこに現れた君は
時がくれた出会いだ

告白のあとの夜
寒いはず　でも　胸は熱く
海に叫びたくなる
16の自分が笑ってる

タクシー　小声で話す
幾つも影絵が通り過ぎる
シートにもたれてる君の微笑みに
朝が迫る

世田谷は青く沈む
口約束が白く漂う
次がいつかって
こんなにも不安になるのか

眠れないほどに　君を知りたいと思うんだよ
あふれそうな心を
すべて知ってほしい

告白のあとの夜
寒いはず　でも　胸は熱く
人生《せかい》の端から光りだす
16の自分が蘇る

告白のあとの夜
寒いはず　でも　胸が熱く
まだ変われる気がしてる
君のことを　強く強く　見つめる

Summer～僕らのシルエット～

人波かきわけ探すよ君を
花火も始まった
伝えられなかった言葉握りしめて
決心の Summer day

太陽見上げ　くしゃみしては　笑い合ってた
なんでもないことが　楽しくて　困るんだ

友達はいいよねだなんて　無邪気に言うから
思わず目を逸らして　蒼い風

人波かきわけ探すよ君を
約束が高鳴る
受けとめてほしい言葉握りしめて
最後の Summer day

蚊に刺されたら　徐々に暮れる
サバービアの午後
アイスと一緒に溶けてく　鼻歌

ふとした沈黙が強く背中を押すけど
言えなかった
ブランコが泣くだけで

もう止められない君への想い
渦巻く波のように
友達のままじゃ　センチ　隙間のあく
僕らのシルエット

他の誰にも　君のこと
渡したくない

人波かきわけ見つけた君の
手を引いて走った
うつむいた君の返事　照らす花火
夏のシルエット
僕らの Summer days

Summer Melt

明るい風に目を細めて
勘で撮った写真を見れば
無邪気な二人が絵になってた

まぶしい想像こびりついてる
忘れなきゃいけないとわかってる
汚して楽になろうとしてる

コーヒーの氷は溶け続ける
薄まるの　恋感覚

君に教えてもらったことだって
僕の知識として育ってく
君もそうかなってチクっとする

さよならも上手に出来なくて
最初から違ったと思いたい
幸せだった瞬間があふれる

コーヒーの氷は溶け続ける
透明へと　近づいてく　少しずつ

そして、氷は溶け続ける
そして、氷は溶け続ける
そして、氷は溶け続ける
そして、氷は溶け続ける

まぶしい想像こびりついてる
忘れなきゃいけないとわかってる
「カラン」と音が響いた
秋の始まり

セプテンバー・ステップス

もうタッタッタッタッタッ……と去ってく夏
熱かっかっかった　Heart Beat
すぐやってってっ来る　10・11月
青空が爽やかさみしい

ベイサイド　どしゃぶりの
二人占めの　夜の匂いに
指置いた　拾ったライター
点いてしまった　赤色　手持ち花火

ああ　Greenに光る都会
僕の中にもこんな一面があると知った

もうタッタッタッタッ……と去ってく夏
君ばっかだったあの日
永遠　遠　遠の7・8月
元気でも　どこかかなしい

「グレープ」と「グレープフルーツ」を
同じものかと思ってた
笑う君につられ僕も
笑いながら　渡る　土曜の午後

聞きたくなんてなかった
友達の親切で

摘み取ったグレープバインに
募る色はYellow　どろどろの

ああ　やさしい君が心の
奥で抱きしめてくれるけど

もうタッタッタッタッ……と去ってく夏
君ばっかだった　あの日
永遠　遠　遠の7・8月
元気でも　かなしくて

もうタッタッタッタッ……と去ってく夏
熱かっかっかった　Heart Beat
すぐやってってっ来る　10・11月
幸せは　君の色

もうタッタッタッタッ……と、
さっさっ去ってく
君ばっかで暑すぎた夏
永遠　遠　遠の7・8月
青空が　爽やかさみしい

文化祭の夜

一枚羽織ったくらいがいいな
機微まくりの夜だ
月明かりのペイヴメントが　デジャヴを誘うんだ

なぜだか毛羽立つ心の準備室
明日は何もないっていうのに
月の匂いのセンチメントが　デジャヴを誘うんだ

あのとき　何て言えばよかったのか
あれから　何度だって
答えを探してくりかえしてる

文化祭の夜みたいな　あの夜空が
文化祭の夜みたいな　あの夜風が
行き着いた将来という名の今を通り過ぎる
文化祭の夜みたいな　あの気持ちカミングバック

家にまだ帰りたくないいな
趣倒した夜だ
木々が騒ぐ住宅街が　デジャヴを誘うんだ

深夜の廊下を君とわざと
大声で歌って歩いたあの感じ思い出し
擬似的ときめき　きらめき
買い出し行かなくっていいのに
坂ばかりの住宅街が　デジャヴを誘うんだ

あのとき　どうしたらよかったのか
いまだに　何度だって
問題文が込みあげてくる

文化祭の夜みたいな　あの夜空が
文化祭の夜みたいな　あの夜風が
行き着いた将来という名の今を通り過ぎる
文化祭の夜みたいな　あの気持ちカミングバック

Low way

終電逃し見上げるハイウェイ
渦を巻く立体交差
漠然と向かう家の方面
目覚めたまま眠る都市は　黒くまばたき

僕らはいつも急ぎたがる
それが答えのように

何となく歩いてく　ゆっくり
見渡せばほら　ルーティーンの外側
ゆらり　涼しい風も踊る

歩いてく　ゆっくり
親の目盗み　君の部屋に転がり込んだ
あの日みたいだな

手が届かないマンション過ぎて
とぼとぼ　僕は信号待ちで
トンネルの出口色のコンビニがまぶしいな
思わず立ち寄り　光浴び

僕らはいつも不安がってる
時に希望も疲れる

だから歩いてく　ゆっくり
信じることを信じすぎるのも、なんかね。

今夜くらいぶらっとしようじゃない

歩いてく　ゆっくり
布団に潜り　夜通し長電話した
君はどうしてるかなぁ

だから歩いてく　ゆっくり
もうすぐで明日と僕の町だ
静かにきこえる　人のせせらぎ

歩いてく　ゆっくり
明けてく空は舐めれば薄荷の味がしそうな透き通り

ゆっくり
見渡そうじゃないか　振り返ろうじゃないか
こんなに世界も時代もまだら模様さ

歩いてく　ゆっくり
そして、思い付いたとき　駆け出してく
それでいい

Flame

気付くと暗闇にひとり　サプライズ
笑うためのあかりを
待っていられる時間も過ぎて

枝振り回し歩いた
いたいけだった　ビリーバー
泥だらけの顔　照らした
突き刺すような情熱

いくつも吹き消した炎も
くすぐったいドラマも
誰もが乗り越えてきた痛みと　言い聞かせる

漂う暗闇に落としたプライズ
拾うためのあかりも
いつの間にか　なくしてしまって

見えなくなっても手を振ってた
すぐに戻ると思ってたから
無邪気な顔　覗いた
からっぽの目した死神

いくつも吹き消した炎も
くすぐったいドラマも
誰もが乗り越えてきた痛みと　飲み込んで

君がそっと点けてくれた炎も
あたたかいトラウマも
誰もが忘れられないかなしみと　引き連れてく

信じすぎることやめた
信じるからこそ　ノンビリーバー
煤だらけの顔で　抱きしめた
暮らしの中のフレーム

自分でいくつも吹き消した炎も
くすぐったいドラマも
誰もが乗り越えてきた痛みと　飲み込んで

もう諦めてた残火を　育てるのは呼吸
これからも忘れられないかなしみを　引き連れてく
Birthday

こぼさないでShadow

はじまりはいつも　from your eyes
仄かな灯り
終わりはいつまでも来やしない
寄せては返す影

本当の「さようなら」は「想像しない」ってことだと
得意気に言ってたあなたのことを思い出してる

心を受けとって愛にした
それゆえ期待してしまう
現実はただ　一筋の涙

こぼさないでシャドウ　マスカラ枯らし泣きつづけたって
すぐに笑えるほど　街角にはLies & Lights
こぼさないでシャドウ　こぼすくらいなら塗りつぶして
君はあの子じゃない　変われるから　君はそう、君にさ

くちづけのときの　close your eyes
仮面はずして
降り積もる愛しさと恥ずかしさは
溶けない雪になって

本当の「さようなら」は「想像しない」ってことだと
自分の言葉のようにずっと言い聞かせてる

恋の傘を閉じてもそこに心は残っているよ
現実は　ああ　一筋の涙

こぼさないでシャドウ　マスカラ枯らし泣きつづけたって
すぐに笑えるほど　街角にはLies & Lights

こぼさないでシャドウ　こぼすくらいなら塗りつぶして
君はあの子じゃない　変われるから　君はそう

こぼさないでシャドウ　壊すくらいならMakeして
君はあの子じゃない　変われるから　君はそう、君にさ

不思議な夜

終電逃し　明日休みだし
ちょっと散歩してみないかい？
真夜中の探検楽しそう！
なんて賛成する君にキュン

車少なし　シルエットの都心
目標どのあたりまで
築地でお寿司！
24時間営業のチェーン店でも市場クオリティーなの

はしゃぎながら軽く汗ばんでる首筋に
へばりついた君の髪を
初夏の風がはがしたのを見た

不思議な夜が僕らを包んでくよ
子供みたいな
無邪気で無垢で無駄で永遠で

素敵な夜だ
左を見ればほら
君が「ん?」って顔してる

不思議な夜が僕らを包んでくよ
ドラマみたいな

奇跡めいて何気なく突然で
ビルの隙間　静かに月が微笑む

お腹も満たし　始発前だし
なんとなく青春しないかい？
潮の香りの首都高速11号の高架下を海へと下る

別に深い間の僕らじゃないけど
言葉じゃ交換できない
あたらしい予感がひとつ灯った

不思議な夜が僕らを連れてくよ
子供みたいな
無邪気で無垢で無駄な瞬間に

素敵な夜だ
左を見ればほら
君が「わぁ！」って顔してる

不思議な夜が僕らを連れてくよ
ドラマみたいな
奇跡めいて何気ない瞬間に
見えてきた深い朝の海がきらめく
不思議な夜がもうすぐ明けてくよ
都会と空と海が混ざる青と紅茶色

素敵な明日がもうすぐ始まるよ
見上げれば虹の橋

素敵な明日が目の前に広がるよ
もう行かなくちゃ
無邪気で無垢で無駄な魔法が解ける
向かいのホーム
手を振る君が、微笑む

どうしよう

あの日　駅前の人ごみのなかで
僕を見つけて遠くから小さくお辞儀をした君が
こびりついてしまってるin my head
手をあげ駆け寄る僕

どうしようもないほど　君のことばかりを考えてしまう
どうしようもないこと　浮かべては吹き消して

その猫目に僕はどう映ってるだろう
自分がおしゃべりで気持ち悪い奴な気がしてきて暗澹

連絡という名の勇気
あれば空も飛べるはず

どうしようもないほど　君のことばかりを考えてしまう
どうしようもないこと　浮かべては消す吹き出し
どうしようもないほど　君のことを好きになってる
どうしようもないほど　伝えたい　この気持ち

いっそ早く溢れろ　さぁ、手に負えないほど
いっそ早くこぼれろ　さぁ、謎の使命感おぼえるほど
いっそ早く飛び出せ　さぁ、抱きしめたい衝動
こんなにどうしようもない
こんなにどうにかしたい
すぐに君に会いたい

青春が終わって知った
青春は終わらないってこと

どうしようもないほど　君のことばかりを考えてしまう
どうしようもないこと　浮かべては消す吹き出し
どうしようもないほど　君のことを好きになってる
どうしようもないほど　伝えたい　この気持ち
ああ！　ああ！

いまは僕の目を見て

言葉は穴のあいた　軽い砂袋さ
君まで届ける前に　かなりこぼれてしまう

中身をこぼさぬように　隣に座ったら
いつもよりも多く　手渡せる気がした

フリーハンドで　飛行機雲が　秋空を割ってく
横を見れば　見上げた　君が感心して
「ほほう」　なんて言ってる

君を美しいと感じた　そのときにそのまま伝えたら
なんて思われるだろう　臆病になってしまう
きっと君にあげたいものは　喩えられるようなものじゃない
胸の奥で渦巻いた　ありったけの気持ちをすべて

雨けむる窓に書いた　水玉の手紙は
切実な4文字で　届ける前に消した

心と心つなぐ　ケーブルがあるなら
この悩みはなくなって
ただ、歓びも失せてく

焼却炉　昇る煙が　訳もなく寂しい　10月に
「食べ物が美味しいじゃん」
ああ　君がいれば　季節も超えられる

君を大切だと感じた　そのときにそのまま伝えたら
何かが変わっていきそうで　不安に飲まれてしまう
「正しく」よりも「間違わずに」　伝えることに慎重になる
手応えばかり求めて　言葉を重ね続ける

足元に　砂だまり
ほとんどをこぼしながらも
大切な　残りもの
どうかせめて　本当を感じて

これまで生きてきたこと
僕を形作ってきたことも
わからなくたっていいから
いまは僕の目を見て

君を美しいと感じた　そのときにそのまま伝えたら
なんて思われるだろう　臆病になってしまう
きっと君にあげたいものは　喩えられるようなものじゃない
胸の奥で渦巻いた　ありったけの気持ちをすべて

Cross Words

やっと会えた週末　近況の報告
それだけで過ぎてゆく午後
そばで見たかった　エピソードばっかだ
楽しいからさみしくて

我慢して　無理して　恋してる日々の中で
聞きたい言葉が　ひとつあるよ
My Darling

水を注ぐように僕の名前を呼んでほしい
感じたいんだ　ふたりを

同じじゃないから不安になるけど
いいんだよ　少しずつ教えて？

おはようのついでに　夢夢の話
光のパネルが射す朝
目標の通りにいかない苛立ち
焦げきってしまう目玉焼き

信じてる　信じて
でも、未来に縛られないで
伝えたい想いが　こぼれ落ちても
My Darling

息をするように君の名前を呼びたい
感じてほしい僕を
埋められない空欄《あな》は今じゃなくてもいいんだよ
すべてがヒントさ

「どうして」
「どうりで」
くりかえす日々の中で
聞きたい言葉が　聞けなくても
ねぇ、Darling

水を注ぐように僕の名前を呼んでほしい
感じたいんだ　ふたりを
同じじゃないから不安になるけど
いいんだよ　少しずつ教えて？

息をするように君の名前を　呼びたい
感じてほしい　僕を
同じでこんなに違うからこそ　愛おしいんだよ
すべてがヒントなのさ

美しいのさ

満天の星空よりも
百点のフルコースよりも
永遠の命よりも
欠点が満載の君が

美しいのさ　何よりも
そう言って　やっぱ違うかってなる

洗顔で溺れかけるし
こまめに財布なくすし
オン・オフの高低差ひどいし
弱点が豊富な君が

美しいのさ　何よりも
そう言って　やっぱ違うかってなる

美しいのさ　誰より
出来るだけそばにいたいよ
そう言って、ちょっと離れて歩く

どうでもいいことばかりだ
どうでもいいかな
君以外は

同じ景色を見て
美しいなぁって思う
それこそが美しいなぁって
テレビ見て言う君が

美しいのさ　何よりも
そう言って　やっぱ違うかってなる

美しいのさ　誰より
出来るだけそばにいたいよ
君のこと守りたいよ
……って言ったって、聞いてないでしょ？
またソファーでぐっすりと寝てますし

試される

颯爽という字面が似合う　初対面の君と
この中の誰かが犯人って状況
孤島の館で5泊

黒髪が
不安そうに
ゆれるから
原始的に心惹かれるだろ！

試される　試される　やたら僕は　試される
試される　試される　ミステリーさ
Boy Meets Girl

得してる奴がさらに得して
損な奴はずっと損
あの中の誰かも犯人だが　システムを疑えよ

価値観が
悲しそうに
ゆれるなら
人間的に抗いたくなるだろ！

試される　試される　やたら僕ら　試される
試される　試される　トリッキーなこの世界

All Right!（Come on!)
さぁ、思い切って謎に迫れよ

All Right!（Come on!)
血塗られる前に　出口を見つけろよ

その目が
ごめんねと
潤むから
罪も　罰も　悪も　正義も　ゆれるだろ！

試される　試される　やたら僕ら　試される
試される　試される　ミステリーさ
Boy Meets Girl
試される　試される　君も僕も　試される
試される　試される　トリッキーなこの世界

HUMAN

天啓や僥倖を待ち続ける人や
バイト先　休憩室で無気力に煙草吸う人や
「共感」してるつもりで「同調」してるだけの人や
神経質こじらせてわけわかんなくなった人や
ぐしゃぐしゃのバースディケーキを前に佇む人や
「暇」というネガティヴの原因に気付けずにただ落ちゆく人や
購入してる人や
消費してる人や
美化してる人や
犠牲にしてる人や
信奉してる人や

贖罪してる人も
誰も彼も
満たされず

僕らただただただただ味わってる　僕らただただ味わってる
息をするように　人間味を
僕らだらだらだらだら味わって　僕らだらだら味わって
飽きてしまう　人間味に

店頭のデモムービー延々観てる人や
正座で涙ご飯一気にかきこんでる人や
何周も考えてその結果裏切ることにした人や
週1本のレンタルビデオが楽しみな人や
あの日手を振り返さなかったことを一生悔やむ人や
頭の中で大犯罪起こしつつ今日も頭を下げる人や

「ちょっと本当だったらいいな」
なんてことがあるだけで救われる僕ら普通の人は
ずっと　満たされず

今もただただただただ味わってる　今もただただ味わってる
瞬きするように　現実味を
今もだらだらだらだら味わって　今もだらだら味わって
やられてしまう　現実味に
僕らただただただただ味わってる　僕らただただ味わってる
息をするように　人間味を
僕らだらだらだらだら味わって　僕らだらだら味わって
飽きてしまう　人間味に

今もただただただただ味わってる　今もただただ味わってる
瞬きするように　現実味を
今もだらだらだらだら味わって　今もだらだら味わって
やられてしまう　現実味に
僕らただただただただ味わってる　僕らただただ味わってる
息をするように　人間味を
僕らだらだらだらだらだらだらだらだらだらだら味わってく
現実的な　人間味を

PARK

尻尾切られたトカゲ
物陰から Try Again　飛び出して頭下げ
彼のおかげであんな不正も隠蔽できた
でも、頭腐魚は唾吐き捨てるだけ

アレゴリーの檻に囚われた
動物たちの棲みかがこのパークさ
管理人はいまだに不在で代表は馬と鹿
だからシカツ

シングルマザーのカンガルー
パートタイムの休憩でDa Ga Ga Ga
グローブで壁殴る
ムードから風土からルールから負のループ

すべての低さ　生きにくさ
広がってく格差　枯れる草
〝みんな辛い時代〟に慣れてる次第
だけどこのまんまじゃLandslide

冷たい風が頬をさす　青すぎる空
ベンチに座って浮かべる
幸せへのフォーミュラ

貶めていい気の蝿や　ねじ伏せるつもりのハイエナ
歪みきったヘイト散らすハゲタカ
『明日のエースは君だ！』に学びな

分かるでしょ？　グラデーション
7色以上　75億色　雄雌　老い若い
以前に個人でしょ
違うからある想像力《イマジネーション》

けたたたましい Caution
深くぶつかり合うフラストレーション
またセッション　show must go on
響けセレブレイション

僕はクラブ活動で知った
自分というキメラ　もしくは鵺
力いっぱいで鳴くぜ
ドラムゴリラかませっ！

冷たい風が頬をさす　青すぎる空
ベンチで目を閉じれば　誰かの咆哮《シャウト》が
覗き込んだ川面には　また仏頂面
雫をひとつ落とせば　なみだってる鏡《ミラー》

冷たい風が頬をさす　青すぎる空
ベンチで目を閉じれば　誰かの咆哮《シャウト》が
覗き込んだ川面には　また仏頂面
雫をひとつ落とせば　なみだってる未来

ホーリーロンリーマウンテン

他人の祭　終わったあとに　燻る街で
佇んでる　驚いてる
心が動かなくて

パンデモニウム・シンポジウム
横目に過ぎて
成長するデスとラブのホテル
おぞましいほど目に付く

ああ　光の十字架が虹をかけた
でも、すべて無関係で

さぁ、いこうよ
ホーリーロンリーマウンテン
そこには　表裏も光も影もなく
僕らが忘れていた　それがあるから

楽園へと亡者たちが昇ってく
見とれてしまうが
でも、すべて無関係だ

さぁ、いこうよ
ホーリーロンリーマウンテン
そこには　表裏も光も影もなく　普通

さぁ、いこうよ
ホーリーロンリーマウンテン
彗星都市　越えれば
神殿が見えてくる

僕らが忘れていた　それがあるから
忘れ去られた
地明かりの日々が

WATER

永遠に飲めるような　水を作り出したいな
弱くなく　強くもない
終わらないゆらめきの
水に浸っていたいな　体がとけるような
弱くなく　強くもない
気持ち良いゆらめきの

シンセ　見つからない　しっくり来る音源
仮入ればっかで決まらないよ　今日もどうせ
だけどまた　代入　to the　代入
やめるわけにいかないこの研究

カルト通り越してオカルト
言われたって粘るよ
〝わかりやすさが正義〟
結果出してるやつの方程式
否定はせずに　ダイブしよう　比喩の海に

突然　沈んだっていうか　気づけば沈んでた
報道もされてたし　運動も起きてたのに
耳目口塞いだ為政者　信者よろしくな支持者たち
オカルト通り越してカルト
いや、不出来なレトルト
飛ばされる帽子
それは過ぎた遠い日の影法師
ここはそう水中都市　逃げ遅れた者同士

仲良く暮らそうよ
暗いから　みんな同じ青さ
弱さも　強さも
普通さも　同じなのさ

ここよりもさらに光が届かない
深海　誰も来ない一帯
暗闇のなか　重い水のなか
ぼんやりと見えてくる朽ち果てた公会堂
がらんどう　からっぽの容器ほど
よく響くこと　露呈した過去
〝コンドロール〟ってか大義名分の暴走
戦争と消耗からの復興　スクラップとビルド
0から1へ向かう苦労
高まる自浄の作用　文化の豊饒

so bad
沈んだ　忘れて　また沈めた
あれから幾星霜　ふたたび栄えた地上
くりかえす　為政者は侵略者見い出し　叩き　異端扱いし
「オカルト通り越してカルトになってると伝えよう」
青色の友人　陸にあがり声かける行楽地
飛ばされる帽子
広がる赤い血

依然、見つからないしっくり来るシンセ
仮入ればっかで決まらないよ　今日もどうせ
だけどまた　代入　to the　代入
やめるわけにいかないこの研究

カルト通り越してオカルト　言われたって粘るよ
〝わかりやすさが正義〟　いつのまにか追っていた方程式
否定はせずに
揺蕩おう　比喩の海に

永遠に飲めるような　ラララララ
水を作り出したいな
弱くなく　強くもない
終わらないゆらめきの
水に浸っていたいな
微笑うような　体がとけるような
弱くなく　強くもない
気持ち良いゆらめきの

Fear

見つめる目の前の暗がり
下りきっただけの夜の帳　なのに
闇の粒子がざーっと粟立ち
奥に誰かいるようなイヤな感じ
懐中電灯　照らし出すのは荒れ果てた廃屋
生配信で実況
呪われた村　都市伝説の真相
ムーな心境　踏み出す1歩
「タッタッタッ」
2階で足音　ある？そんなこと
めちゃ田舎の山奥だぞここ

っていうか2階なんてあった……？
見つける妙に冷たい風が吹く階段
「ギシッギシッ」
軋む度　震える脚
失われてく生きた心地
よぎる後悔
しかし　視聴数は伸び放題
SNSじゃどうだい？
欲を勇気へと変換
かけ上がり登り切った最後の階段　充実感
微笑みインカメラ
凍りつく視聴者
消えたYouTuber
そこに映ったものは？

いけないことをしてると思う？
語り継がれてく　後悔の樹海
この地球の中どこに埋めても
追いかけてくる　消したいあなた

いけないとこへいけると思う？
肩にしがみつく　崩壊の受戒
この地球の中どこに埋めても
追いかけてくる　消したいあなた

ここはどこだ……
気が付くと蝋燭に囲まれたベッド
血でベトベト
忍び足で逃げねぇと
ジンジン痛むヘッド　抱え声が聞こえる方へ出ると

フロア埋め尽くす頭垂れる人々
国籍不明のビート
禍々しいムードの祝詞
異形のモニュメント
いざ開かれん　あの世とこの世との境目
渇望的な歓声
降臨する何万本もの触手　邪教徒を捕食
逃げ出す奴らの波に乗ってダッシュDa追っかけこ
巨大な蛸　みたいな化物
さながらイザナギ　イザナミ
でもお前は真っ赤な他人！
そこへ光の巨人

絡まる2体の巨体が
堕ちてく底なしの暗い穴
不思議な気持ちで見てた
まるでこうなるのが決まってたかのような
『人間が一番のホラー』
なんて法螺　吹いてんなこら
どこがだよほら！
昇る十字架
救助隊の胸には　流星のマークが
オレが見たものは?!

いけないことをしてると思う？
語り継がれていく　後悔の樹海
この地球の中どこに埋めても
追いかけてくる　消したいあなた

いけないとこへいけると思う?
肩にしがみつく　崩壊の受戒
この地球の中どこに埋めても
追いかけてくる　消したいあなた

見つめる目の前の暗がり
下りきっただけの夜の帳　なのに
闇の粒子がざーっと粟立ち
奥に誰かいるようなイヤな感じ

それがFear
これこそがFear……
小中理論からネクロノミコンまで
それがFear
これこそがFear……

Amber Lies

Stealing coins from mama's wallet
I only needed a few

She didn't seem to realize
I bought a candy or two

Stealing bills from papa's wallet
I only needed a couple thousand

He didn't seem to realize
I bought a new guitar too

Lying on and on and on
And I see nightmares about it
That someone will take this everyday away

I'm a liar

I made a million melodies
With that guitar that I was granted

In front of a million people watching
I smile on that stage

And it went on and on and on
I lied and lied and lied
But it went on and on and on
Like a chain……

Am I a liar?

Looking around and realizing I've been lying all along
Is it right or wrong this stolen life, this stolen time
Looking around and realizing I've been lying all along
Is it right or wrong this stolen life, this stolen mind
Looking around and questions rise
Living a lie, a stolen life
Did you know my lies?

レインメーカー

世界中で俺だけが気にしてることばかり　気になり続けるんだ
世界中のほとんどが気にしてることマジでどうでもよすぎるんだ　ああ

ねぇ、じいちゃん
また、ばあちゃんが心配しそうだなぁ

世界中がバカだから
身なりやら言葉やら気にし続けてきた
世界中がバカだから
俺がなんとかしなきゃとか考えてるんだ　ああ

ねぇ、父さん
若い頃　俺みたいだった？
ねぇ、母さん
小さい頃　俺こんなんだった？

なぜ　雨　透明の雨
透明の傘差し　しのぐけど
なぜ　なぜ　透明の声
透明の答えが　濡れそぼる

かなしいコイン集めても　何にも替えられず
俺のようになるな　妹よ
幸せはポケットのなかにある

ねぇ、父さん
このまま 進んでもいいかな
ねぇ、母さん
疲れたら 帰ってもいいかな

なぜ 雨 透明の雨
透明の傘差し しのぐけど
なぜ なぜ 透明の声
透明の答えが 濡れそぼる

ただ ただ 透明の夢
透明のカーテン ゆれる夢
ただいま 透明の家
透明の笑顔がこぼれる

00文法

そのまま動くな　言の葉ゆれるの感じな
我慢できなかったら　それが本当のライブだ

先人にも先人や先進がいて
また先人の以前にも名人がいたりして
言わば枝葉　影響は曼荼羅
書き足してゆく　ユグドラシル

走る青ペンが　描く言葉の風景画
世界が終わり人もいないし文明もない
荒れた校庭　投げ出された机

に、彫られたフレーズ　それは俺ので
浮かぶかつての東京って想像
実現し得る技術

と、信じてやってきた此の方だから
「型」じゃない
カタログでスタイルを選ばない

そのまま動くな　音の波に抗いな
我慢できなかったら　それが本当のダンスだ
そのまま動くな　言の葉ゆれるの感じな
我慢できなかったら　それが本当のライブだ

流布、そして　ループされる　その共通のイディオム
2000年の下北沢から変わんない
流布、そして　ループされる　その共通のイディオム
2018××××でも変わんない

ひらがな　カタカナ
音に乗せるのが
なかなか　むずいのが
僕らの言語だ
ただ　まだ　やめるか
幅い箱に詰めんだ
まがい物こそが新たな風穴
たとえば、抱えてる真情を吐露
重なる街並みと心の模様

が、王道の中このフロウ

体系試すような冥府魔道
いびつなキメラに見えるだろう
醜いロックの子に見えるだろうが
作り出すNew辞書　水平思考
次の時代の文法

と、信じてやっていく　これからもさ
「型」じゃない
分厚いルーズリーフに学びな

そのまま動くな　音の波に抗いな
我慢できなかったら　それが本当のダンスだ
そのまま動くな　言の葉ゆれるの感じな
我慢できなかったら　それが本当のライブだ

カシカ

見えるものが
見られるものが
見たいものが
そこに在る

見えないものが
見たくないものが
見られないまま
そこに在る

偶然、並走してる
隣の電車の誰かと窓越しに目が合った
奇妙で気まずい気持ちが消えぬうちに
ああ 離れてく

視にもの狂いになって
視に至る病になって
視の舞踏に引き込まれて
視線をさまよって
視後の世界想像して
視んでも視に切れなくて
視に体から蘇って
視に目に会いたくて

今日もどこかで
第何十回目の何かの全国大会が開催されて
優勝校の生徒が喜び泣いてるんだろう

でも、知らない

視にもの狂いになって
視に至る病になって
視の舞踏に引き込まれて
視線をさまよって
視後の世界想像して
視んでも視に切れなくて
視に体から蘇って
視に目に会いたくて

見えるものが
見えないものが
そこに在るのに
だから僕は

詞にもの狂いになって
詞に至る病になって
詞の舞踏に引き込まれて
詞線をさまよって
詞後の世界想像して
詞んでも詞に切れなくて
詞に体から蘇って
詞に目に会いたくて

曖してる

日々はLike a くじ引き
2、3、4等賞の毎日
日々とは灰色な振り幅
普通に「普通」とか言ってるけど

悲しみ喜びどちらでもねぇ
この気持ち何て言えばいい
一言で言うならば　曖してるのさ
君も僕も

それなりにゆれながら
それなりにブレながら
時々、高く飛べて
時々、浅瀬で溺れかけて

極端にしたものをわかりやすいとか言いながら
極端になれやしない曖昧な僕ら
これこそ「普通」だろ

喜劇でも悲劇でもどちらでもねぇ
デフォルメもバイアスもねぇ
棚分けしようとすんな
曖してるのさ　君も僕も

理屈も魔法も禁止にして
漠然を抱きしめる
この腕すり抜けても　曖してるのさ
無編集の世界を

ホラーでもコメディーでもバラエティーでもねぇ
厳密にゃドキュメントでもねぇ
終わらないPOVだ
曖してくのさ　君も僕も

理屈も魔法も禁止にして
漠然を抱きしめる
僕ら過渡期のまま　曖してくのさ
編集の時代を

それって、for 誰? part.1

大喜利みたいなEveryday
発信したくて仕方ない
答えがいつも先に立って
問題がなぁなぁなぁになって

体操着みたいなEveryone　集めた井戸は騒
選ばされた答え身に纏って
ドッチータッチーな状況

その　いまどこで何をしてるかでしょ
惚れた腫れたの一部始終でしょ
青空に手書き風に描いた人生ポエムもそう

で、それって、for 誰?
知らなくていいことばっかりだ
それって、for 誰?
君の言葉も姿も思想もライフスタイルも
それって、for 誰?
矢印は放射状だ
それって、for 誰?
『こういうこと言っちゃってる　この曲こそfor 誰?』

砂金すくいみたいに発見した大声の小言を
たくさんの楯が取り囲む
カニバルカーニバルが盛況

虎視眈々の鬼の首ハンターでしょ
手作り名札貼り逃げ係でしょ
腕まくりして出てくる余計な一家言ボマーもそう

で、それって、for 誰?
言わなくていいことばっかりだ
それって、for 誰?
君のカウンターもジャブもストレートもマウントも
それって、for 誰?
矢印は因果応報
それって、for 誰?
『こういうこと言っちゃってる　この曲こそfor 誰?』

その手の平の上に広がった世界と
〝目の前〟はどちらが世界でしょう?

『垢がうんとついてる僕たちの
うっせぇ!しかない日々こそ』

それって、for 誰?
見えなくていいことばっかりだ
それって、for 誰?
君も隣の人も宇宙の神秘も
それって、for 誰?
矢印は自由で不自由さ
それって、for 誰?
『こういうこと言っちゃってるこの曲』をfor you

いつだって、for you
僕から、for you

Material World

すべては素材さ
例えばこんなギターサウンドの上で
白とも黒ともグレーとも　つかぬヤツらが歌い出す
まるで水と油のブライダル
堕ちてゆくか？　負のスパイラル
それがどうして　新たなスタンダード　になりそうな予感がしたんだ
混ぜ合わせろ　持てる全て
掛け合わせろ　定石忘れて
ないんだ　ないんだ　じゃないんだ
単に知らないんだ　溜め込んだナニカのありか
いつか意味のある　絵になる　歌になる　お宝はその手の上にある
見してみな　キミのすげえリアルなマテリアル

マテリアルワールド
すべて素材
過去　現在　と　未来
君と過ごした青い10代
広角レンズ＋ハンディカムの夏
肉塊描いたトリプティクが

今も尚ズットズレテルこの Music
I'm Ryohu
いつでもどこでも誰とでもやる Good Music
3.5 の途中
MとDとRが揃えば　誰もが認める Five Star
未だ嘘みたいなとこにいるオレはもうまるでスター

エゴ知らない Boys & Girls
名もない場所から武道館
Hood の仲間と KANDYTOWN
気付けば大人になり
愛深める先に Baby
人生全てが Piece
芸術から生まれる Peace
全部合ってる間違いじゃない
その証拠にこの曲だってマテリアル

ひとつにならなくていいよ
孤独は孤独のままにしよう
代わりにエキスを混ぜよう
経年の蜜　人生の秘密を

さあ　飛び出そうぜ
世界中に　今夜中に　もっと自由に
匂いを感じよう　色を感じよう　音を感じよう
時を感じよう　他人《ヒト》を感じよう
それ以上自分《オノレ》を感じよう
キミのすべてが素材さ
無駄になることなど一つもないさ

No Doubt
Wake up in the morning
誰一人書いてないストーリー
どうしようもない日
それもありにする　未来に進むしかないぜ
ほら目に口鼻　今聞いてる耳でも感じな
いつも誰も何もかも無駄になることなんて一つもないから

君のヒーローもいつかこの世から消えて幽霊
また一人生まれては出会い別れ泣いて笑ってがきっと運命

マテリアルワールド
何が君を変えるかわからない
物と心　とどのつまり　〝存在〟
自然　漫画　労働　音楽　宗教　ファッション　恋
すべて素材
過去　現在　と　未来
共に戦ってきたバンドマン
3人の隠し子がいたニュースキャスター
祖母の本棚から借りた『春と修羅』
選りすぐりのこのクラブが

すべては素材さ　すべては素材さ
無駄なんてないさ　無駄なんてないさ
すべてが出会いさ　すべてが出会いさ
見逃すなそのヒ　ラメキ　とキ　ラメキ

Nicogoly

誰かがドアを叩く
最初の曲がききたいの？
それなら少し待ってて
作るから　いまから

始めよう音楽のコスプレ　道連れ
右のうめえ　ピアノ弾いてるのがナリハネ from パスピエ
ありがてえ　頭上がらねえ　といったところで
あらため　曲の幕開け
コスプレなんて言ったが　まんま真似じゃねぇ
『ねるねるねるね』　ごめんね商品名

テッテレーと練るね　マテクラ版のそれ
レシピ　メモりながらよく聞け
①にロック
②にヒップホップ
③に雑味
すなわち　経験値
③の成分が大事　一大事　いま何時？
こんな橋　危なすぎて誰も渡らねえから　渡るね？
ついてきてあっこ　向こう側に行こう
まだ知らぬ景色呼ぶ方向
バランスはとってる　リスペクトも持ってる
だからこそ拝める　スペシャルが待ってる

これだからやめらんねー
試験管の数増える一方で
あっちこっちに付箋　積んだカップ麺
何日も帰ってねー　1DK　それなりの平米
コーヒー淹れたて　今夜もうひと頑張りだね
このラボの窓の灯りは消えんだろう
何度　朝がきたってエンドロールは返上
天井知らずの興味　「What is Pop?」

降り注ぐたくさんのメロディー
こぼれおちるたくさんのストーリー
あとどれくらい？　神様、お願い！
ありったけをきかせて！

降り積もるたくさんのメモリー
凝縮した音楽の煮こごり
あとどれくらい？　神様、お願い！
ありったけを作らせて！

関係者がこっそり聞かせてくれた　音源でDさんが話していた
〝ワクワク〟とは今が最高なんじゃなく
最高なことが起こりそうな暁更
つまり〝最高の瞬間のその5分前〟
それこそがポップソングの正体
あーだから俺は好きなんだあのキラキラした世界
それはまるで　彼岸の憧れで
〝作ってるもの〟と〝好きなもの〟がつながってる気分

神木くんってゆうか前田の名言
ほんとめっちゃわかるぜ
チョーキングの先に
B.B.キングやクラプトンの踵が見えるぜ

これだからやめらんねー
オザケンの歌詞にもあるよね
あるし　BBCのXTCのMCでアンディ・パートリッジもこう言うし
「カテゴライズしなくていい　Very Very　シンプルでいい」
そのあとに　すべて包括しちゃうこのフレーズ
Tacataより宇宙的言語で
ワンヴァースめの対で　大声で叫べ
まさに「This Is Pop」！

降り注ぐたくさんのメロディー
こぼれおちるたくさんのストーリー
あとどれくらい？　神様、お願い！
ありたっけをきかせて！

降り積もるたくさんのメモリー
凝縮した音楽の煮こごり
あとどれくらい？　神様、お願い！
ありったけを作らせて！

誰かがドアを叩く
この次の曲がききたいの？
それなら少し待ってて
作るから　いまから

それって、for 誰? part.2

砂漠に水を撒こう
渇くとわかってても
プールに混ぜるのはごめんだ

空に種を飛ばそう
もう誰もやってないけど
日陰だっていいんだ　根を張るのさ

大きな流れ　横切ろうとして
足を取られて　あわあわしてる
そんな自分が恥ずかしくもなるけど

何度だって横切ろうとしてる
ほとんど意地になりかけてる
ワンフレーズだけ　一言だけを
どうしても伝えたくて

それって、for　それって、for　それって、for　一体誰？
ひとりでくりかえす
それって、for　それって、for　それって、for　一体誰？
地獄にも似てる
それって、for　それって、for　それって、for　一体誰？
ひとり討論してる
それって、for　それって、for　それって、for　一体誰？
本当はわかってる

砂漠に水を撒くよ
終わってしまう前に
殿堂が遠くへ見える場所に

気持ちが良くて気持ち悪すぎるんだ
この違和感こそ僕の証明さ

たくさん夢があふれても
みんな同じ夢を見たがってる
良い夢にパターンなんて少ないから
こうして求められたものだけがある
求めてくる人を囲って売る
年中　開きっ放しのプールサイドの売店で
人は夢を見る

それって、for　それって、for　それって、for　一体誰？
大変よく出来てる
それって、for　それって、for　それって、for　一体誰？
地獄にも似てる
それって、for　それって、for　それって、for　一体誰？
『ユーザーは喜んでる』
それも、どれも、これも、正解だって
本当はわかってる

それでも、それでも、それでも、
まだ何かあるような気がしてる
それでも、それでも、それでも、って、
歌い続けてゆく

それって、for　それって、for　それって、for　一体誰？
僕らはくりかえす
それって、for　それって、for　それって、for　一体誰？
地獄を超えてゆく

それでも、それでも、それでも、
砂漠に水たまりは出来るはず
それでも、それでも、それでも、それでも、って、
歌い続けてゆく
with you

New Blues

セル画の夏は陽炎
背伸びして買ったバケットハット
空から恐怖の大王

乗り込んだラインは京王
XIの紐を結んで向かう

1998　君の町へ
ワクワクして　遊びに行くよ
まだ何か知らないこと　始めようよ
そして、新しい明日を探そう

ヤンチャしてたあの子も
親になったって聞いたよ
道それかけたあいつも
起業したんだって聞いたよ

〝人と違うこと〟　それが幸せと
信じて突っ走ってきたけれど
乗ってる　このレール
コンベアなんだとついに気付いてくる
黒いスキニーを履いて逃げる

2008　僕の町へ
恐る恐る　帰ってみるよ
もう何も知らないこと　無い気がして

~2028　僕の町で~
昔の事と割り切ってるよ
何でもない日々の中に　真実はあると
僕はかつて学んだ

そんな夢に魘されて
ラボのデスクで起きれば
付箋だらけの修正点が
まずギターソロを直そう

公民館の音楽室へ向かう

1998　君の町へ
ワクワクして　遊びに行くよ
まだ何か知らないこと　始めようよ

２０１８　次の場所へ
ワクワクして　遊びに行こう
どうなるか　わからないこと　始めようよ
そして、新しい明日を探そう

まだやれる気がしてる
きこえる　次のフレーズ
移ろう　音の季節
まだ変われる気がしてるよ
気がしてるよ

Grape Juice

没入して踊る
点滅が暴れる
不自由な自由に溺れる

スリーポイントを決める
記憶・理想がこびりつく
頭の向こう岸で　誰かが僕を見張る

爆音で音楽浴びさせて

甘いジュースを　ごくごくして
夢中で　ごくごくして
襟まで染めるほどあふれだした　ラ

でかいギター
ひくいベース
はやいドラムよ、吹き飛ばして
色んなメッセージを忘れさせて　Yeah

意味がないその中に
意味のない圧倒的見つける

境目がくずれる
バケモノへと変わる
神じられるのはそうこれだけ

かけちがったボタンの余ったひとつをあげる
代わりにこの穴から　向こう岸確認して

爆音でロックンロールさせて

甘い　甘いジュースを　ごくごくして
夢中で　ごくごくして
襟まで染めるほどあふれだした　ライ

やばいギター
やばいベース
やばいドラムよ、吹き飛ばして
色んなメッセージを忘れさせて　Yeah
意味がないその中で
意味のある圧倒的見つめる

EIGHT BEAT詩

Back to the ２００1年
午後イチの体育館で鳴らした精一杯のスーパーカー
別に待たれてないし　バズりもしない
だけど見えた気がした淡い未来
「今日でやめる」そんな約束
捨てさせた一通のＥメール
デモテープ　送りつける
正真正銘のグレートハンティング

すぐに連絡きて　喜びすぎて
腰が抜けて座り込んで

渡り廊下のストレンジャー
好きにすりゃいいじゃんここでのイス取りゲームは
EMIで面談　するつもりはない観光や記念には
速攻でブッキング　初ライブ
そして、Studio TERRA　デモレコーディング

下北沢GARAGE　今じゃ僕らの聖地
出会った年上のバンドマンへ
あなたたちにもらった沢山の叡智や友情は心に残るエール
くじけそうな時　想う魂　昼まで語ったムダ話
どこからきて　どこへ行くのかを綴る
これは　Just like EIGHT BEAT詩

経て、２００５年
決まった事務所はSMA　担当マネージャーは徳留

グランドキャビンで全国を行脚
勉強させてもらう先輩の前座
デビューの準備　日に日に
追い詰められてかなりギリギリ
メジャーは厳しい　それでもひねり出した
「GIRL FRIEND」は金字塔

そして、いつの間にか目の前に広いステージ
風でめくりあがってゆくページ
全くない手応え　響かない声
冷え冷え　壁そびえ立ってるようで
なぜだ？　なぜだ？　なぜだ？　なぜだ？
ディレクターにたずねた
「その手から誰かの手に渡すのが〝表現〟どれくらい向き合ってきた？」

聞いてるか?
あれから片時も忘れてないし　一生奢るつもりもない
穴のあいた砂袋　中身　君に届けるための苦労に命賭けよう
旅に出て君の街まで　爆音で胸の奥の奥の奥へ
どこからきて　どこへ行くのかを探す
それは　Just like EIGHT BEAT詩

突然もげた片翼　狂うバランス
無様に羽ばたくイカロス
長い青春　終わりのチャイム
いや、これは逆転のための合図
だったら試す　どれっくらいイビツになろうが　自力の三点倒立
ギター・ドラム・ベース　輝くフレーズ
駆けてゆく　豊穣の季節

失くしたもの数える作業より
想定外の自分を愛しなよ
生まれ変わってきた現実
まさに実践編のchanges　示してく
生き様で訴求　刀選ばない侍がいまRock you
なおも涸れることのない探究心
両腕で抱いたこのチャップマン・スティック

ストーンズのように　クラプトンのように
いつまでもRollin' Rollin'
出会いがあって別れがある
でも、その度　果実の甘味は増す
新しい曲を書いて　旅に出て　また次の君の街へ
AtoZ　書き足してゆくAとBとC
いまも　Just Like EIGHT BEAT詩

逆バタフライ・エフェクト

摘み取って束ねて抱えた　花束の
最初の一輪を
いまでも　おぼえていますか？

色取り取り
薫る花々が　風にゆれる
自分こそだよ　運命の正体は

僕ら好き嫌いをくりかえして
イエス・ノーを幾度　選び続け
右往左往　何万回目の今日にたどり着いて
決められたパラレルワールドへ

赤色にそえるように青色の次に黄色
何気ない選択肢を
いまでも　おぼえていますか？

色取り取り
薫る花々が　雨に濡れる
自分こそだよ　運命を愛しな

僕ら好き嫌いをくりかえして
イエス・ノーを幾度　選び続け
右往左往　何万回目の今日にたどり着いて

また　あの日あの時ああしてたらって
ifや畏怖が尽きなくても
あの日あの時ああしてたことが鳴り響いて
決められたパラレルワールドへ

笑顔の君にはあげなかった
無理には渡そうとしなかった
忘られぬ花も花束彩るから
玉虫色　継ぎ足しの未来を生きききるよ

僕ら好き嫌いをくりかえして
イエス・ノーを幾度　選び続け
右往左往　何万回目の今日にたどり着いて

まだ　あの日あの時ああしてたらって
祈り呪いが尽きなくても
いま、この時こうしてること「も」鳴り響いて
決められたパラレルワールドへ
決められた並行世界へ

ポラリス

志ん朝の三枚起請を聴きながら
切れた三弦を張れば
三日月のカーブで見てた
三毛猫が僕に微笑うんだ

GとB♭とF　ヒントにして
探し出したい　ポラリス
One & Two & Three で
また掴みそこね　朝寝

三尺玉で　死の星に向け描くさ
イーグルとシャークとパンサーか
ファルコンとライオンとドルフィン

赤青黄色で　ゆれるフロアーで
見つめていたい　THE POLICE
One & Two & Three で
またカウントして　次の夜へ

街と海と私の三角関係
三部作くらいじゃ終わりそうもない

3つ選択肢があった
あり・なし・どちらとも言えない
3つ○をつけたなら
トリプティックの向こうまで

グーチョキパーで ずっとあいこだね
探さなくていい　DAKYOU POINTS
One & Two & Three で
また駆け上がって　次のパート

ギター・ドラム・ベース　輝くフレーズ
結んだ先にポラリス
One & Two & Three で
〜180度の可能性 篇〜

『EIGHT BEAT詩』の天
輝くセンテンス
結んだ先にポラリス
One & Two & Threeって
旅を続けよう◯《ラ》◯《ラ》◯《ラ》・トリガーで

ギター・ドラム・ベース　輝くフレーズ
結んだ先にポラリス
One & Two & Threeで
また掴みたいな　君のハート

L.I.L.

ルーズリーフに書きなぐってた
作文みたいな詩《ポエム》
あの続きをまだ詠んでる
夜から夜を越え

夕暮れのバス停で
君のこと待ってた
ときめきが　きらめきが
時を渡る

聞こえるか　聞こえるか
青い心のメロディー画
何度でも　何度でも　なぞるから

ふたたびメーター合わせる　440ヘルツ
曖昧なゆらぎの波に
小さな舟を出し

深い朝の町角で
僕は僕と会っては
かなしみも　苦しみも
音にかえる

聞こえるか　聞こえるか
明るくて暗いサウンド画
君もまた　君だけで一人なのさ

生きている　生きている
降り注いでくる　未来に
ずぶ濡れでも笑えたなら そう
大丈夫　さぁ、いこう

19時の約束で
君のこと待ってるんだ
ときめきや　かなしみや
思い出も　予感も
連れて行くよ

生きている　生きている
僕も君も　完全に
言の葉が舞い踊る　このフロアで　Oh,Baby

聞こえるか　聞こえるか
最高の瞬間　見えそうじゃん
触れそうに　届きそうに
生きているのさ　さぁ、おいで

風来

音の鳴る方へすかさず　手を伸ばし止める
まだ暗い窓開けると冷たい
2泊で好きになった街に水性のオレンジ
営み灯る　朝に

左から来たもの右へ　手を加え渡し
凝り固まった毎日を噛み続けて
文と文の間の意味は汲みとりすぎて
気づけば　味がなくて

短い車両の電車は走る
ゆかりのない景色

青い風　ここにいたのか
親指を立てて笑う
綺麗だね　忘れかけてた
光と命がおどる当然
「血のめぐりを固めないためには『同じ姿勢でいないこと』」
パノラマに　白い雲　流れる

日に3度飲んでるサプリ　手を伸ばし止める
反射で開いてたアプリも閉じる
しばらく帰ってない故郷《くに》の親の顔浮かぶ
生活ってやつは難く

海岸線をブランコでまたぐ
イメージじゃ宙返り

風まかせ　誰もがJourney
小指を交わして約束
あなた宛　書いた手紙
押入れの箱に根を張る　秘密
動くベルトの上で維持してるスタイルに
いま接吻《キス》を送る
ふかふかの白い飯かきこむ

青い風　もう行けよって
親指を立てて笑う
風まかせ　誰もがJourney
掌を透かして掴む　灯り
「血のめぐりを固めないためには『同じ姿勢でいないこと』」
湯に浸かり　次の旅　思うよ

INTERVIEW

小出祐介×吉川尚宏（Talking Rock! 編集長）

――『檸檬タージュ』と『間の人』に続く小出祐介詩集の第3弾です！　僕もじっくりと読ませていただいて、明らかに前の2作と比べていろんな面で違いと変化がありますよね。

小出　そうですね。今回の詩集をまとめるにあたって、僕も前作と前々作をあらためてしっかり読んでみて、〝あとがき〟にも書きましたけど、両方とも子供だなあと（笑）。

――ハハハ（笑）。まあそれはなんとなくわからなくもないですね。

小出　『檸檬タージュ』はまだその子供っぽさが魅力にもなっているというか、そもそも歌詞自体にあまりメッセージがないから、字面でスッと読めちゃうんですけど、『間の人』はものすごく悩んでいる人の歌詞ばっかりだなと思って（笑）。『檸檬タージュ』以上にむしろ子供っぽく感じるというか、遅れてきた思春期みたいな（笑）。

――うんうん（笑）。確かに『間の人』を読むと心にズシッとくるような重みがあって。逆に『檸檬タージュ』はどこか無邪気さに胸がキュンとして、すんなり入ってくるというかね。

小出　『檸檬タージュ』は書き手のパーソナリティーがそこまで見えないですからね。でも『間の人』はその部分が全開じゃないですか。だからどこか重くて硬いし、理屈っぽいなと（笑）。

――これ、次の第4集が出たときに、今回の第3集をどう言ってるかだよね（笑）。

小出　そうそう（笑）。まあ何か言ってるんじゃないかなと思いながら今話してますけど（笑）。あとは、前の2作はやっぱりあくまで〝歌詞〟というか、〝言偏に司る〟の〝詞〟という感じだったなと。そこから『間の人』を経て、次に出したアルバム『C2』（15年11月）あたりから〝言偏に寺〟の〝詩〟という意識が徐々に強くなっていると思うんですよ。その意識の変化が今作の全体のムードを一つ作っているのかなと。

――その意識の変化は何をきっかけに出てきたと思いますか？

小出　うーん、まあ具体的なきっかけは覚えてないんですけど。ただ、『間の人』にある〝個人的な悩み〟みたいなものはアルバム『二十九歳』（14年6月）で一旦やり尽くしたんですよね。

――ああ、なるほど。自分内探求心ですよね。

小出　そう。まさに自分というものを探して、自分の存在意義、〝自分とは何だ？〟みたいな。それが『二十九歳』で行き着くところまで行っちゃったから。そうなるともう自分探しはどうでもよくなったというか。そこから次第に歌の題材が内側よりも外側に興味が行くようになって。

——そういえば『C2』のインタビュー（Talking Rock! 15年12月号）で「前作の『二十九歳』の感じを再びやるのを想像したらゾッとした」みたいなことを言ってましたね（笑）。

小出　『間の人』を今読むと、自分でもこのテイストにゾッとしますからね（笑）。もちろん今振り返ってみると、あの時期に自分の内側を深く掘り下げる作業は必要だったと思うんですよ。それを『二十九歳』でやり切ることができたから、周りが見えるようにもなり。次の『C2』の「それって、for 誰？」(part.1とpart.2) がまさにそうで、自分の内面よりも〝そもそも自分たちはなんで音楽をやっているんだ？〟と。そういうことを言葉だけではなく音からも探し始めて、歌詞にもなっていった時期かなと。

——つまり個人というよりはバンドとしての存在意義ですよね。

小出　そうです。そういう視点がそれまでなかったから、書いていても新鮮で楽しかったし、理屈っぽさが多少ありつつも、そこまでとは筆致が全然違っていて。なおかつ並行に「不思議な夜」のようなお話っぽい作品もあるという。ただ、『檸檬タージュ』の頃とも違って、シチュエーションの中で言いたいことや表現したいことがしっかりとまとまってますね。例えば「どうしよう」もそうで、この曲はその後の自分の歌詞作りのヒントになった作品でもあります。〈どうしようもないほど／君のことばかりを考えてしまう〉と、好きになっちゃった！という感情が軸足になっていますが、『檸檬タージュ』の頃のように、感覚の描写を風景に任せるのではなくて、原始的な感情が歌詞の原動力なんですね。これって、ある意味作詞の基礎みたいなことなんですけど、この曲によってその後の曲の描き方も変わっていった気がしますね。

――まさに『檸檬タージュ』や『間の人』の頃は、小出君がその詞の当事者的な存在で、その主人公を俯瞰して見るような距離感があまりなかったと思うんですよね。だけど『C2』以降は、その当事者になる瞬間もあれば、俯瞰しながらその心情や情景を描いている場面も感じられて、ある意味で答えが見えるというか、腑に落ちる感じでハッとさせられたり、大切なことに気付かされたりする言葉が過去作以上に多くある印象なんですよね。

小出　うん。確かにその違いはあると思いますね。

――そういう意味では、『二十九歳』までを収めた『間の人』と、『C2』以降を収めた今作の『いまは僕の目を見て』という、詩集としてもすごくいいタイミングで区切れていますよね（笑）。

小出　そうなんですよね。それは今作をまとめながらすごく感じました。

――ちなみに『間の人』のタームの中で他アーティストへの提供曲を手掛けるようになって、今作ではそれがさらに増えていて。アイドルネッサンスのミニアルバム『前髪がゆれる』（17年8月）や、

KinKi Kids、山下智久さんなどの男性アイドルの作詞も手掛けられたり、さらには小出君自身が〝ソロでもバンドでもユニットでもグループでもない新音楽プロジェクト〟として立ち上げたマテリアルクラブの楽曲制作もそうで、歌詞との向き合い方が多様になり、表現の幅がさらに広がったという印象があります。

小出　確かにそう思います。提供曲もなるべく自分の地続きで書くようにしていて。やっぱり職業作家ではないし、自分に提供依頼が来るのは、普段の僕の作品性に対するニーズだと思うので。そこを変えてしまうと、それこそ自分じゃなくてもいいと思うから、なるべく自分のスタイルのまま作っていますね。ゆえに今回の詩集に収めても違和感はないし、むしろ流れを汲む上では欠かせない存在になっていると思います。

――まさにそう感じますね！　その流れを順に追いかけていくと、まず初めにプロローグとして本書用に書き下ろした「sahara」があり、これについては後で触れますが、序盤はアイドルネッサンスへの提供曲とアルバム『光源』（17年4月）の曲を中心に並べています。しかも、1曲目の「すべては君のせいで」から10曲目の「前髪」までが1ブロックに感じて、特に「すべては君のせいで」で始まるというのが完璧というか、起こりうる物事のすべてはある意味〝君のせい〟じゃないですか（笑）。

小出　そうですよね（笑）。

――その〝君〟は、もちろん〝好きな人〟のことだったり、あるいは〝バンド〟かもしれないし、〝音楽〟や〝ファンの人たち〟、あるいは〝もう一人の自分〟かもしれないという、いろんなことに当てはまって、すべての歌詞にも掛かる印象があるんですよね。

小出　全体の構成を考えたときに、「すべては君のせいで」が1曲目にすんなり収まった感じですね。この詩集の始まりに相応しい気がしたし、そこからの流れは今、吉川さんが仰ってくれた通り、1曲目から10曲目までが一括りで、青春ゾーンなんですね。ここでは青春の当事者の視点から、後半に向けてだんだんと、かつての自分を振り返るというか、青春というものを大きい視点で見ている流れになっていて。

――そう！　「前髪」の〈決まらない前髪を／また風が乱してゆく／いつまでも私たちきっと／決まることなんてないんだろう〉というフレーズは、序盤の楽曲とは違って大人としての視点を感じましたね。

小出　まさにそうです。『光源』とアイドルネッサンスの『前髪がゆれる』は制作のタイミングも近かったし、作品のコンセプトも近かったので、作詞のスタンスとしても延長線上にあって。それは本当にたまたまそうなった感じなんですけど。アイドルネッサンスのグループのコンセプトは、古今の名曲をカバーするというものだったんですが、Base Ball Bearの「17才」や「恋する感覚」が代表曲になっていたんですね。グループの世界観の支柱に僕らの曲があるような感じだったので、グループ初のオリジナル曲を自分が書き下ろすとなったときに、提供曲なんだけど、自分のそれらの作品から地続きにあるようなものにしたほうがいいのかなと。しかも、青春真っ只中にいる子たちが歌う作品なわけだから、青春の当事者目線のね。ただ、ほぼ同時期に〝僕らは青春は通り過ぎたよ〟と『光源』で言っていて（笑）。でも、この視点を自分が持っているのはおもしろいと思ったので、オリジナルを4曲収めた『前髪がゆれる』の最初の3曲はリアルタイムっぽいんだけど、最後の「前髪」だけは、青春を通り過ぎた人が当事者に語りかけるような内容にしてみました。そういう制作当時の一連の感覚を、この詩集の序盤の10曲で表した形になっていますね。

――うんうん。そして11曲目の「(LIKE A) TRANSFER GIRL」から恋愛表現がさらに少し大人になります。〝串揚げ〟や〝ヒール〟（いずれも「(LIKE A) TRANSFER GIRL」）という言葉だったり、「告白の夜」では〝タクシー〟というワードが出てきたりもします。

小出　まさに「(LIKE A) TRANSFER GIRL」から「告白の夜」までがまた一つのブロックで、青春を通り過ぎた大人っぽい恋愛ソングというか。実は1曲目から10曲目までの青春ゾーンの流れも「告白の夜」で回収していたりもするんですよね。

——確かに！　〝16の自分が蘇る〟（「告白の夜」）という言葉があるように、青春の頃とそこから大人になった今を結び付ける感覚がありますね。ちなみに山下智久さんへの提供曲の「Birthday Suit」では〈シャンパンに融かしたMoonlight／飲み干して踊ろう〉や〈ウインクしてドアまでエスコートする〉なんていうびっくりするような言葉の表現もあって（笑）。

小出　まあ普段そんなことは書かないですよね（笑）。その曲に関しては、そういう設定で書いてほしいというリクエストがあって。とにかくキザに、そしてパーティーな感じにしてほしいと。続くKinKi Kidsに提供した「Summer〜僕らのシルエット〜」も、いただいた曲のイメージから、かつての10代の頃のお二人……それこそ山下達郎さんや松本隆さんが曲を書いていた頃のKinKi Kids像にアクセスしたいなと思って。このあたりの曲に関してはいつもと少し違う書き方をしているんですけど、提供曲ならではで新鮮でしたね。そして「Summer〜僕らのシルエット〜」から僕らの直近の2曲＝「Summer Melt」と「セプテンバー・ステップス」に繋がって、真夏から夏の終わりへと向かう流れに。

——さらにその次に「文化祭の夜」で秋が来るという。

小出　そうです。その「文化祭の夜」と「Low way」は、夜に一人で歩きつつ、〝こんなときもあったなあ〟とか〝今は仕事が大変だなあ〟と、どこか淋しく思っている感じで。それを続く「Flame」

と「こぼさないでShadow」の2曲が受けて〝自分がここまで通ってきた道筋は通過儀礼なんだ〟と。〝人は誰しも悲しみを抱えて通り過ぎていくのさ〟と歌っていて。

――それが『間の人』の頃はそうは言えなかったんだよね（笑）。

小出　そうそう（笑）。まさに通過儀礼の途中だったので（笑）。

――だからどこか悶々としているんですよね（笑）。だけど「Flame」は、自分と深く向き合いつつも、それがどういうことなのかを掴んで、そこを描き切っているという。

小出　まさにそうです。だから……また『間の人』の話に戻るんですけど、久々に「光蘚」と「魔王」の流れを聴いたら、めちゃくちゃしんどかったんですよ（笑）。

――ハハハ（笑）。まあタイトルもすごいしね（笑）。

小出　なんか〝本当の卒業アルバムを見ちゃった〟みたいな。ある程度キャリアを積んでからの作品なのに、いちばん反抗期じゃん！みたいな気がして（笑）。そういう未練たらたらなムードや、『二十九歳』で16曲かけて言ってるようなことを「Flame」は〈これからも忘れられないかなしみを／引き連れてく〉とあっさり言い切ってる。そこが『間の人』以降で自分が成長した部分なのかなと。

――つまりシンプルに言えば大人になったと。

小出　そういうことですね。あとは「不思議な夜」も自分的に書けてよかったと思う歌詞の一つで。

この曲では、具体的に恋愛が始まったかどうかがわからないんですよ。やっぱりラブソングは〝君のことが好き〟じゃないとわかりにくかったりすると思うんですけど、本当は恋愛もグラデーションじゃないですか。それこそ、友達以上恋人未満みたいな状態もある。でも、自分が友達以上に思えた瞬間も、自分の内側ではすごくドラマだったりもして。そういう、ときめきをうまく描けたなと思ってます。で、そこから「美しいのさ」までの5曲がまた一つの束なんですね。

――うんうん。しかもその束のちょうど真ん中に、そしてもっと言えば、この詩集のど真ん中にタイトル曲の「いまは僕の目を見て」があるという。

小出　全体の流れと構成を考えていく中でこうなったという感じなんですけど、「いまは僕の目を見て」は「不思議な夜」とも少し近くて、もともと恋愛的なことを書こうとはしてなくて。もっと人間愛的な曲かもしれないし。世の中には自分がいて、他者がいて、そういう中で〝あなた〟とわかり合うにはどうしたらいいのかをすごく考えて書いた曲なんですね。それは次の「Cross Words」にも繋がっていて、そのあたりを話し出すと長くなるので、Talking Rock!に掲載された『C3』のインタビュー（20年4月号増刊）をぜひ参照していただきたいんですが（笑）。

――ですね（笑）。ちなみに「どうしよう」の〈どうしようもないほど／伝えたい／この気持ち〉を「いまは僕の目を見て」と「Cross Words」の2曲で回収している印象もすごくあって、この繋がりも見事だなと。しかもその2曲はまさに今の言葉通り、単純に好きな人のことを歌っただけではなくて、もっと広く大きな意味でのラブソングのスタンダード曲と言える素晴らしい作品であり、とりわけ、これはあくまで僕個人的な感想ですけど「いまは僕の目を見て」は、小出君が書いてきた歌詞の中でも現時点での最高傑作だなと感じていて。ゆえにこの詩集のタイトルになっているのもすごく納得できたんですよね。

小出　ありがとうございます！　大人になったなという感じがしましたね。この大人になったなというのを5、6年後に自分が読んで「子供だよ！」と言ってるかもしれないんだけど(笑)。

——ハハハ(笑)。無限ループ状態ですね(笑)。

小出　でも、もう30代の半ばですからね。20代の終わり頃の自分を見るのと、40代に入ってから30代半ばの自分を見るのとはまた違うんじゃないかなと。それもちょっと楽しみですよね(笑)。で、「いまは僕の目を見て」と「Cross Words」の流れを、次の「美しいのさ」が受けていて。「美しいのさ」は結婚しているのか、あるいは一緒に住んでいるのかなという感じの曲で。

——うんうん。〈欠点が満載の君が／美しいのさ〉そして〈弱点が豊富な君が／美しいのさ〉という、そのワードにたどり着くまでの、ちょっと鈍感なイメージの(笑)彼女の特徴を描いたその言葉の表現が、とても愛らしくてほのぼのとしていて共感しましたね。

小出　言葉遊びといえば言葉遊びなんですけど、でも結構いいことを言ってるなと。

――そう！　〝わかるわかる！〟という感じでこの曲が好きという男性ファンも多いんじゃないかなと思います！　そして続く「試される」からまたモードが切り変わって、後半に向けては人生観だったり、自分と家族、あるいは自分と社会との関わりだったり、そしてもう一つのポイントとして〝バンド〟をテーマにした作品が出てきます。

小出　まさにそうですね。まず「試される」から「Fear」までが、自分と社会との関わりを考えている曲たちで。中でも「Fear」は特殊です。Jホラーラップですからね。マテリアルクラブだからこそやれた曲というか。自分の言いたいことを詰め込みつつも、音や表現の部分で趣味全開という曲は今まで意外となかったので、結構この曲の位置が難しくて。

――そういう意味ではマテリアルクラブの存在もやはり大きいですよね？　作詞のスタンスというかフォーマットがそれまでとはまた少し違うじゃない？

小出　そうなんですよ。きっとみなさんが思っている以上に自分にとってすごく大きな出来事で、それによって間口を広げることができた印象がありますね。で、その後の「Amber Lies」と「レインメーカー」の2曲がセット。今作の中でもかなりパーソナリティー感が強くて。「試される」からの流れが〝社会と自分〟だとしたら、この2曲は〝自分と小さな社会〟というか〝自分と家族〟

という曲たちですね。それを経て「00文法」からは〝自分と音楽と言葉とバンド〟みたいな。そういう約10曲の流れで最後まで行く感じです。

――バンドの現状やヒストリーだったり、メンバーのことを言葉にしたりという視点や姿勢も今までなかったもんね。しかも『間の人』から今作までの間にメンバーが4人から3人になるという変化もあったわけで。

小出　バンド史で言えばこの6年間でいちばん大きい出来事でしたからね。いろんなことを考えて、自分たちを見つめ直すきっかけにもなった。いい悪いは置いといて、3人になってからメンバー全員の音楽に対する意識が段違いで高くなって。それまでは演奏していて多少曖昧なところがあった気がするんですよ。フィーリングという言葉で曖昧にしている部分だったり。

――あるいはグルーヴという言葉だったりとかね。

小出　そうそう。特にライブに関してはそうで、そういう言葉で誤魔化している部分もあったのかなと思うんですけど。3人になって以降は、曖昧なことと、その場で何かを感じて作ったり演奏することは、全然違うと認めようよと。それが自分の作詞にも影響を及ぼしていますね。だってこうやって並べてみて、こんなにも〝音楽と自分〟という曲があるんですよ（笑）。『間の人』までは全然なかったし。ましてや〝バンド〟が出てくるなんて絶対になかったことなので。

――だよね（笑）。「EIGHT BEAT詩」然り、その視点の変化も本当に特徴的です！

小出　「EIGHT BEAT詩」はまさにその最たる曲で。「ポラリス」もそうですけど、このあたりの曲は、自分たちに自信がないと作れないし歌えない。〝曖昧だなあ〟と思っていたものが晴れてきて、自分たちは今何をやっていて、何を歌っているのかを理解しながら作れたり演奏できるようになって、自信がついてきた。そういう変化に合わせて自然と考え方も変わってきて。結局『二十九歳』の頃は、他者と比べて自分は自分でありたいと思っていたんですよ。でも、そもそも本当の自分に他者は関係なくて、最初から俺は俺じゃんと。バンドはバンドじゃん、そして、他者は他者でいいよねと。否定ではなく、他者としての存在を認める。言葉で言うと簡単に感じるけど、昔は自分と人とを比べ続けていたし、すべての悩みのタネはそれだったから、今そういう時期を突き抜けて、素直に〝結構自分たちってカッコいいよね〟と思える（笑）。そんな流れが今作の後半の歌詞に表れているのかなと思うし、全体を通して、この6年間での僕自身やバンドの変化も感じてもらえるんじゃないかなと思いますね。で、今回の詩集のタイトルを楽曲名である『いまは僕の目を見て』にしたのは、例えば「光蘚」や「魔王」は言いたいことを全部詰め込んで表現していた印象なんですけど、〝詩〟の意識で書くようになってからは、意図して言葉に出さない部分も多くなってきていて。そういう中で、吉川さんにも褒めてもらえてすごくうれしいんですけど、「いまは僕の目を見て」はまさに自分でも現時点でその描写の最たるものができたなという手応えがあって。最初はこの曲のフレーズの〝言葉は穴の空いた軽い砂袋さ〟と、どっちがいいかなと少し迷ったんですけど、今の自分のモードや、この6年間のまとめという意味では「いまは僕の目を見て」という楽曲の歌詞にすべてが繋がるかなと思って、これに決めた感じですね。

――なるほどね！　とても素敵なタイトルだと思います！　で、この詩集の始まりとして書き下ろしてくれた「sahara」は、この本に宿る小出君のフィーリングやメッセージを、とても短いセンテンスの中で要約しているような印象があります！

小出　今回はこの詩集全体を説明するようなものはなくてもいいかなと思ったんですけど、せっかくの書籍ですから、本で読む楽しみのために何か書こうと思って書きました。『C3』的なエッセンスもありつつ、短い中でもわりと遊んでいて。〝サハラ砂漠〟の〝サハラ〟はエジプト語で〝砂漠〟の意味なんですけど、〝サハラ砂漠〟は直訳すると、〝砂漠砂漠〟になるという(笑)。加えて、日本語で〝さはら〟と言えば〝砂の原っぱ〟の意味もあるわけで、これもまた意味が同じなのでおもしろいなあと。で、〝砂漠砂漠〟と2回言うといえば、「大事なことだから2回言っとくね」ってよくあるじゃないですか。その〝大事なことだから2回言う〟というのは、〝重言〟ってやつですよね。重言は〝大事なことだから強調して2回言う〟場合もあれば、〝リズムや語感のよさで重ねて言う〟

場合もあって。そう考えると、（ザ・ブルーハーツの楽曲の）「リンダリンダ」も重言と言えますよね。大事なことだから2回言ってる感じもするし、単純にリズムだけで言ってる感じもする。そもそも音楽における、サビってそういうものですよね。いちばん伝えたい大事なことだから2回出てくることも、単純に語感やリズムやフレーズの気持ちよさで2回出てくることもある。同じサビ自体が2回出てきたりするのも、いわば〝意味の強調〟でもある。その一方で、1回で伝わると思って、1回しか言わない言葉もたくさんありますよね。強調する必要がない言葉たちが。でも強調する必要がなかったかどうかは、相手にしかわからないわけで。また、2回言う場合も、伝わっているのかがわからなくて、不安だから繰り返してたりもするじゃないですか。でも相手からすれば〝いや全然1回で伝わるよ〟ってことだったり。逆に〝なんで2回も同じことを言うの？〟という疑問や、むしろそこから生まれる不安もあったりすると思うんですね。で、この「sahara」は、この詩集のタイトル曲でもある「いまは僕の目を見て」に登場した二人の日常会話として描いてみたんですが、一人が〈「サハラ砂漠」の「サハラ」って／「砂漠」って意味なんだって／大事なことだから2回言ったのかな〉と。それに対してもう一人が、それは〈伝わってるかどうか／不安だったのかもしれないよね〉と。で、この「sahara」という詩の全体を見ると、その真ん中の会話を挟んで、前と後ろが同じことを2回言ってるんですよ。

――あ、確かに！

小出　大事なことだから2回言ってるというのもあるし、説明としては不十分そうな文章なので不安だから2回言ってるようにも見えるし、サビの繰り返しのようにも見えるし、単純に語感がよかったから2回言ってるのかもしれないという。

――あ、なるほど！　つまり今話してくれた重言の意味合いを、この短い詩の中ですべて言い表しているんだ！

小出　そうそう。

――なるほど！　深いね！　深い深い！（笑）

小出　だいぶ考えて作りましたね（笑）。

――すごいね！　素晴らしい構成！　そして素晴らしいテクニック！　しかも〝伝わってるかどうか／不安だったのかもしれないよね〟という、ある意味クリエイターとして常に抱えているであろう小出君の内面もそっと吐露してしたためているという。そこに人間味を漂わせつつ「すべては君のせいで」で本編が始まるという完璧な展開！　おそらくこのインタビューを読んだ後に再び最初のページから読んでくれたら、きっとさらに深く感じてくれると思うんだけど、『檸檬タージュ』と『間の人』ともまた違う、いろんな面で成長した小出君自身と手掛けた歌詞の魅力を十二分に堪能できる素晴らしい詩集だと思います！

小出　ありがとうございます！　いやー、今回は個人的には前の2作を凌いで相当いい作品になったなと思いますね！

——まさに！　まあ『檸檬タージュ』は『檸檬タージュ』で、このテイストはもう書けないと思うから、それはそれで魅力があると思うし、『間の人』は『間の人』で、これもう書けないというか、あまり書きたくないよね？（笑）

小出　もう二度と書きたくない（笑）。

——ハハハ（笑）。

小出　もちろん『間の人』の曲が好きな方もいらっしゃると思うから、否定するつもりはまったくないんですよ（笑）。

——うんうん（笑）。『間の人』を買ってない人は、ぜひ買って読んでほしいですからね（笑）。

小出　そうそう（笑）。『間の人』があっての今作ですからね。だからとても大事な一冊であるのは間違いない。それらを経て今回本当にすごくいい詩集が作れたなと思っていますので、ぜひこの『いまは僕の目を見て』を繰り返し読んで、楽しんでほしいですね。

（2020年4月上旬　スカイプにて収録）

あとがき

前作『間の人』は29才を半分過ぎた頃の作品でしたが、20年5月現在35才で、あと半年で36才になります。『間の人』の「あとがき」で（前々作『檸檬タージュ』からの）〝この4年間は大人になっていくための時間だったのかなぁと思います〟なんて書いたりしているんですが……全然子供だよ！　と、そう言えるくらい、この約6年間で、自分自身も、自分を取り巻く環境も大きく変わりました。その変化が、作品にも大きく反映されていると思います。

4人時代最後の作品となる『C2』（15年11月）の制作当時は、シーンが音楽フェスを中心にぐんぐんと加速していった時期で、目的や手段が、音楽そのものを上回ってしまっているような気がしていました。そんなムードに抗いたい、この熱狂って何？という気持ちが、『C2』のサウンドや〈砂漠に水を撒くよ〉（「それって、for 誰？ part.2」）といったフレーズに詰め込まれています。その渦中にいながら、外側から観察するような視点で歌っているところに、自分たちのスタンスが表れていると思います。

3人体制最初の作品である『光源』(17年4月)のキャッチコピーは、〝2周目の青春〟でした。自分たちが新体制になったことで柔軟に作品作りに臨めたこと、それによって再び青春を歌える気がしたこと。また、それらを踏まえて、大人になった位置から青春を捉え直したこと、その視点が〝並行世界〟を見ているようだと感じたことなどを表しています。

〝並行世界〟という意識はアルバムの通底したテーマというだけではなく、3人体制になった当初の自分たちの実感めいたものでもありました。あまりにも予想していなかった未来だったので、〝並行世界に来てしまったようだ〟と。でも、それらはサポートでギターを弾いてくれたみなさんとのライブを重ねていく中で、〝これが現実だ〟という意識へと変わっていきました。〈決められた並行世界へ〉(「逆バタフライ・エフェクト」)というフレーズがそれを表しています。

作詞・作曲を手掛けたアイドルネッサンスの『前髪がゆれる』(17年8月)は、『光源』の延長線上にある作品だと捉えています。〝2周目の青春〟を作り終えたところから、当時まだ10代だったメンバーに合わせて〝1周目〟を描いてみることにしました。

ただ、「前髪」については、彼女たちがグループを離れて、いつか大人になってから、青春の良い思い出として活動を振り返ることができますように、という願いを込めて書いた、〝2周目〟の視点の楽曲であると言えます。そういう視点で曲作りができるようになったのも、自分が年齢を重ねたからなのかなと思います。

『マテリアルクラブ』(18年11月)は、僕とチャットモンチー(済)の福岡晃子が中心となって構成された、バンドでもグループでもなく、形を持たない〝音楽プロジェクト〟、マテリアルクラブの作品です。

Base Ball Bearでは形にしにくいアイデアをマテリアルクラブに持っていくことで、自分のアウトプットの純度を高めることを目的として始めたものですが、本当にやってよかったと思っています。バンドはソリッドでポップに。マテリアルクラブは、何でもあり。この棲み分けができるだけで〝すべてをバンドでやらなくては〟という悩ましさから開放されました。

『光源』で、それまで頑なに使ってこなかった打ち込みの音を混ぜることを解禁して以来、バンドサウンドは拡大方向に向かっていきました。サポートメンバーと共にライブをしていたことも、それに拍車をかけていたかもしれません。たくさんの楽器で表現できることが、新鮮で楽しかったんです。その方向も間違いではなかったと思います。でも、そんな時期にマテリアルクラブを立ち上げたことで、先述の通り、自分がロックバンドに求めるものが〝ソリッドとポップ〟なんだと気付き直すことができました。

そして、18年初夏から3ピースでのライブをやり続けてきた中でできたのが、19年リリースの2枚のEP「ポラリス」（19年1月）「Grape」（19年9月）と、『C3』（20年1月）です。「ポラリス」「EIGHT BEAT詩」のような、Base Ball Bearというバンドそのものを題材とした楽曲を作ったことは、自分でも意外だと感じました。このバンドはストーリーや、思い出、その時々の考えや、興味を持ったことを歌の題材にしてきましたが、自分たちそのものを描写しようという気分になったことは、かつて一度もありませんでした。でも。ということは、今いちばん興味があるのがバンドそのものということなんですよね。ギターとベースとドラムがあって、メンバーがいて、演奏する。それが今、いちばん楽しいです。

本書には、これまでに出した2冊の詩集『檸檬タージュ』『間の人』のように、新たに付けたタイトルではなく、楽曲「いまは僕の目を見て」から引用したタイトルを付けました。ここに、現在の自分のモードがすべて込められていると感じているからです。

書き下ろしの「sahara」は「いまは僕の目を見て」の延長線上にあるものです。本当は、これも野暮かなとは思っているんですけれども(笑)、せっかくの詩集ですし、ならではのお楽しみというこことで。短い文にいろんなことを重ねて書いてみましたので、ここまで読み終えた方は是非冒頭に戻って、もう一度読んでみてくださいね。

最後に、「Talking Rock!編集長の吉川さん、「3冊目出そうよ!」と言ってくれてありがとうございます。僕もそう思ってました(笑)。次は何年後でしょうかね。その時もお互いに元気でやっていましょうね。

それではまた、次巻でお会いしましょう。

2020年3月末　小出祐介

あとがきのあとがき

さて、ここまでお楽しみいただきました詩集『いまは僕の目を見て』ですが、本来であれば2020年5月から予定していた、全国ツアーと共に発売される予定でした。

しかし、新型コロナウィルス感染拡大の状況を鑑み、ツアーは中止。その後も約1年間、僕たちは現場にお客さんを入れてのライブは開催できませんでした。

21年5月現在も、ガイドラインに従ってのライブは開催できるとはいえ、依然として低迷した状況が続いています。

吉川さんに、今回の詩集の総まとめとしてのインタビューをしていただいてからのこの1年で、また自分の感性に変化があった自覚があります。

それはこの詩集のあとの楽曲「ドライブ」「SYUUU」からもみなさんに感じ取っていただけたのではないかと思います。

今の時代、これからの時代に、どんな音楽や言葉を紡いでいけばいいいか。日々、考え続けています。

そして、バンドは現在『C3』に続くニューアルバムの制作中です。全力で結成20周年にふさわしい作品にしたいと思っていますので、楽しみにしていてください。

それではあらためて、また次巻でお会いしましょう。

それまでみなさん、どうか元気で健やかに。

2021年5月上旬　小出祐介

本書に掲載の歌詞は、著者の意向により、
一部実際の歌詞とは異なる部分があります。

※訳詞者／共作者
「Amber Lies」訳詞：Rei ／「Fear」共作：福岡晃子
「Material World」共作：Mummy-D（from RHYMESTER）、Ryohu

小出祐介（こいでゆうすけ）
1984年12月生まれ。東京都出身。ロックバンドBase Ball Bearのリーダーで、ボーカル&ギターとほとんどの楽曲の作詞作曲を手掛ける。中学でギターを始め、高校3年の春に同じ学校に通う同学年の堀之内大介（ds）と1年後輩の関根史織(b&cho)を中心にBase Ball Bearを結成。ギターロック／ニューウェイヴのテイストを独自に昇華したバンドサウンドとポップセンスに優れたメロディ、そして青春感に溢れた歌詞が人気を集め、2006年4月にミニアルバム『GIRL FRIEND』でメジャーデビュー。その後8枚のフルアルバムをリリースし、2010年と2012年には日本武道館単独公演を開催して大盛況に収めた。2021年3月に最新作となるシングル「SYUUU/ドライブ」をリリース。岡村靖幸やRHYMESTERとのコラボレーション制作の他、KinKi Kidsや山下智久など、他アーティストへの楽曲提供も精力的に行い、2018年には福岡晃子（チャットモンチー済）を制作パートナーに迎えてソロでもバンドでもユニットでもグループでもない新音楽プロジェクト〝マテリアルクラブ〟を主宰し、同年11月に1stアルバム『マテリアルクラブ』をリリースした。

小出祐介　詩集『いまは僕の目を見て』

２０２１年６月18日　初版第一刷発行

著者　小出祐介

装丁　田中直美

編集・発行人　吉川尚宏

発行所　株式会社トーキングロック
〒541-0047　大阪市中央区淡路町2-5-8　船場ビルディング420
電話　06-4708-3805

印刷・製本　シナノ印刷株式会社

小出祐介詩集『檸檬タージュ』

Base Ball Bear の全楽曲の中から約50篇をセレクト。書き下ろしの散文詩や、レアな直筆ノートに、インタビューなども収録した、小出祐介の初の詩集。

判型＝四六判変型（120×188）　頁数＝２０８P
ISBN＝978-4-903868-05-9
定価＝１３２０円（本体１２００円＋税10％）

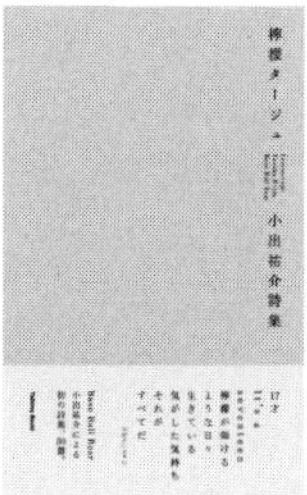

小出祐介詩集第2弾『間の人』

他アーティストへの提供詞も含めた約50篇に、タイトルをモチーフに書き下ろした散文詩と、最新インタビューを収録。　より表現に深みを増した彼の言葉の世界が堪能できる詩集第2弾。

判型＝四六判変形（120×188）　頁数＝２１６P
ISBN＝978-4-903868-10-3
定価＝１３２０円（本体１２００円＋税10％）

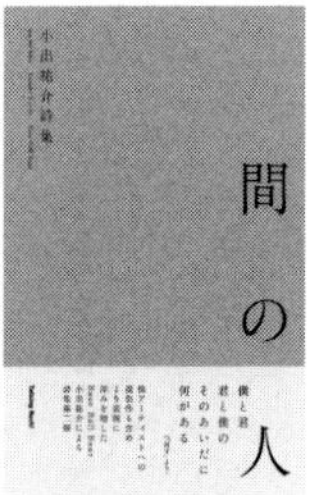